L'ORAGE

ROMAIN GARY

L'Orage

Avant-propos d'Éric Neuhoff

TRADUCTION DE L'ANGLAIS D'*À BOUT DE SOUFFLE*
ET *LE GREC* PAR BÉATRICE VIERNE

L'HERNE

© Éditions de L'Herne, 2005.
ISBN : 978-2-253-08456-3 – 1re publication LGF

SOMMAIRE

Avant-propos

Parfois, on se dit que, comme les Indiens pour le général Custer, les bons écrivains sont les écrivains morts. Belle mort, d'ailleurs, en ce qui concerne Romain Gary. Nette, sans bavures, qui tombait à pic. Les âmes bien nées se souviennent de l'endroit où elles étaient lorsque, en 1980 – cette journée plutôt grise –, elles ont appris le suicide du romancier. Avant cela, on l'avait enterré un peu vite. Un vieux grizzli sanglé dans son blouson militaire, chapeau de rastaquouère, cigare et barbe poivre et sel d'aventurier de la rue du Bac. On ne le lisait plus. Évidemment, on avait tort. On a toujours tort de ne pas lire. Vingt-cinq ans ont passé et voici que Gary est de retour. Il nous surprend encore. Les nouvelles égrenées dans *L'Orage* s'étalent sur presque toute une vie. On y voit un univers en formation. La mort est assez présente. Ça n'est pas un mauvais sujet. À Los Angeles, un quadragénaire emploie un tueur à gages pour mettre fin à ses jours, sans informer l'assassin sur l'identité de la victime. En Afrique, des aviateurs discutent de leurs hauts faits autour d'un feu de camp. Beaucoup d'entre eux ne sont pas revenus. Au Tchad, un boy qui ne parle pas français chante par cœur une chanson du répertoire. Direction l'Indochine. Il y a un phonographe dans la jungle. Une femme inconsciente sème le trouble parmi

les troupes, apporte malgré elle le malheur et la désola-
tion. On enterre un pékinois dans la forêt vierge. Ça
voyage. En Grèce, un baron allemand lâche dans la
conversation : « De nos jours, les aviateurs, c'est tout
ce qui reste de la mythologie grecque. » Un nageur
de fond dérobe des objets d'art dans les îles les plus
impossibles.

Ces textes composent un pêle-mêle chatoyant, un
autoportrait en désordre. Gary écrit en gary, cette
langue étrangère qui ressemble terriblement au français. Il écrivait aussi en anglais, puis se traduisait,
mais c'était finalement du français, un français rêvé,
personnel, inclassable, avec ce mélange de brutalité et
de douceur, ces accents veloutés et rocailleux à la fois.
Il joue une musique de chambre, et soudain, au milieu
d'une phrase, le soliste s'empare d'un violon tzigane,
se déchaîne sur son instrument, oublie la partition et
déclenche une bamboula à tout casser. Il y a souvent
trop de mots, des adjectifs comme s'il en pleuvait, des
adverbes à la pelle : cela participe de son charme et de
toute façon il ne peut pas s'en empêcher. Le chef Gary
n'est pas très nouvelle cuisine. Ses pages débordent
comme des assiettes généreusement servies. Derrière
tout cela, la vieille douleur, une sacrée mélancolie. La
mort viendra et elle aura le visage inattendu d'une ser-
veuse de fast-food.

En littérature, Romain Gary fut un 4x4. Il a tout
fait. On lui doit des romans, une autobiographie, des
entretiens, une ode à de Gaulle, deux Goncourt, des
scénarios, un canular et des pseudonymes. Il était un
pluriel à lui tout seul. Hollywood et les Forces fran-
çaises libres, Ajar et Jean Seberg, cela forme une
sorte de légende. Elle n'est pas vilaine. Pourtant, ces
jolis mensonges lui ont causé tant de mal. Gary était
attiré par un tas de choses, la jeunesse, l'Amérique, le

cinéma, la politique à condition qu'elle se confonde avec une certaine idée de la France. Dans son cœur, bouillait une rage intime. « Je crois sincèrement que le gamin d'aujourd'hui qui s'en va descendre un quinquagénaire, quel qu'il soit, a des sacrées bonnes excuses. » « Les salauds ne sont jamais tristes. » Dans ces nouvelles, il pose des questions justes. Par exemple, quel livre lire avant de mourir ? Les poèmes d'Auden ? La Bible ? Pouchkine ? Allons, un bon vieil annuaire téléphonique fera l'affaire, ce qui en dit long. Ces nouvelles débarquent tels des ovni. L'auteur est là. On sent que l'âge, le succès, l'indifférence, ne l'ont pas encore bouffé tout cru. Elles brillent d'un éclat intact, comme ces étoiles éteintes dont la lumière continue à nous parvenir. Parfois, on se dit que les bons écrivains ne meurent jamais.

Éric NEUHOFF

Note de l'Éditeur

Les textes *À bout de souffle* et *Le Grec* ne sont pas des nouvelles, mais des ébauches inédites de romans inachevés, conservées dans les Archives du Fonds Romain Gary déposé à l'Institut Mémoires de l'Édition Contemporaine (IMEC). Ces textes étaient, à l'origine, destinés au Cahier de L'Herne Gary.

Présentations des inédits telles que rédigées au départ pour le Cahier de L'Herne par Jean-François Hangouët et Paul Audi.

À bout de souffle

Enregistré sous le titre *The Jaded I*, ce texte est — curieusement, puisque Gary s'y adresse au lecteur français — en anglais ; il est traduit ici dans la version du tapuscrit, qui diffère du manuscrit, et dont on peut penser qu'il est une version plus élaborée et plus délimitée (même s'il reste quelques incohérences narratives, de chronologie, par exemple, et quelques mots encore manquants). Dans le manuscrit, une première page dresse une imposante liste de titres possibles : à côté de *The Jaded I*, figurent ainsi, entre autres, *This is a Recording*, *The Second Chance*, *La vie est jeune*, *Bulles de printemps*, *Beyond America*, *Total Danger*, *Insert One*, *Les*

*Chutes du Saskatchewan, Au diable vert, Rape, Wrap and
Sell, My Hope is Brave, Cha cha cha cha cha cha...* mais
aussi *Chien blanc* (en français). Le texte peut donc être
daté de l'année 1968 ou 1969, voire 1970, année men-
tionnée dans le texte – année aussi de la réélection du
Gouverneur de Californie Ronald Reagan, peut-être
évoquée également dans le texte, s'il ne s'agit pas de la
première élection de 1966. Ceci étant, où le tapuscrit
évoque l'image de Nixon, sur une affiche publicitaire,
le manuscrit avait d'abord Johnson : le changement
de Président ayant eu lieu en 1969, cette année, sur
plusieurs semaines voire plusieurs mois, peut raison-
nablement être considérée comme l'année de rédac-
tion de ce qui constituait sans doute un composant
possible d'un projet plus vaste, mais qui s'offre néan-
moins, tel quel, comme une histoire complète, et dont
on retrouvera un des thèmes dans *Au-delà de cette limite,
votre ticket n'est plus valable*...

Le Grec

Ce roman inachevé est ici traduit à partir de la
version du tapuscrit. Ces premiers chapitres s'inter-
rompent brutalement, non sans avoir bouclé pourtant
un premier épisode. En supposant que l'écriture fût
contemporaine du contexte historique dans lequel
s'insérait ou s'insinuait l'histoire à raconter, la compo-
sition de ces chapitres, où il est question de la dicta-
ture des Colonels en Grèce, peut être située entre
les années 1967 et 1974. Dira-t-on, pour suivre cette
piste, que l'effondrement du régime des Colonels en
1974 a interrompu la poursuite du roman, sa néces-
sité s'en trouvant remise en cause ? Une autre hypothèse est soufflée par le personnage de John James

et par certains de ses attributs : si celui-ci est journaliste et anglais, dans son portrait il y entre beaucoup
de James Jones, le romancier américain, décédé en
mai 1977, qui fut l'ami de Romain Gary. (On sait
que Gary, qui parle de James Jones dans *La nuit
sera calme*, a travaillé avec lui sur le film de Darryl
Zanuck *Le Jour le plus long ;* on sait aussi qu'il a rédigé
une préface à la traduction française de *The Thin Red
Line* et une note pour l'édition américaine, alors même
qu'on le retrouve, lui Romain Gary, notamment en
1971 dans *The Merry Month of May* de James Jones...)
S'il s'agissait d'un hommage posthume, l'hypothèse
d'un hommage rendu du vivant de James Jones nous
semble cependant la plus plausible.

L'Orage

Chaleur ! Partolle se laissa choir sur la chaise longue, épuisé, colère, le visage gonflé et douloureux. Devant la véranda, les cocotiers se dressaient, immobiles, dans l'air tremblant et surchauffé. Wambo, nu-tête sous le soleil, défrichait avec une lenteur exaspérante le sentier qui menait au bungalow. Dans la baie, le cotre de Tsu Lang, ancré non loin de la plage, bougeait à peine et paraissait s'être échoué sur le sable. Partolle ôta son casque, haleta, se passa la langue sur les lèvres.

— Wambo ! hurla-t-il.

Il le regretta aussitôt : sa voix était rauque, grinçante et la gorge lui fit horriblement mal. Wambo monta les marches de la véranda et attendit en silence. Partolle lui tendit son casque.

— Toi porter ce casque à la cuisine, ordonna-t-il. Toi le donner à ma femme. Toi dire à ma femme remplir le casque avec de l'eau…

Chaleur ! D'un geste las, Partolle essuya la sueur de son visage. Pas un souffle dans l'air. La nature paraissait morte.

— Toi compris ?

Il saisit le siphon et pressa la détente. Le siphon émit un râle prolongé : il était vide. La température devenait intolérable. D'ailleurs, le baromètre baissait depuis deux jours, d'une manière tout à fait anormale :

un orage pouvait fort bien rôder autour de l'île et s'abattre sur elle à l'improviste. Mais ce n'était là qu'un bien faible espoir. Depuis deux jours, Partolle scrutait inlassablement le ciel, sans découvrir le moindre signe suspect. Il s'allongea sur sa chaise longue, croisa les bras derrière la nuque, ferma les yeux. Lorsqu'il les ouvrit, il vit sa femme debout devant lui.

— Tsu Lang t'envoie encore son boy, lui dit-elle, et te prie de venir d'urgence. Il est souffrant.

Partolle jura :

— Qu'il aille se faire pendre ! cria-t-il. Le sacré Chinois n'est pas plus malade que nous autres, c'est moi qui te le dis, Hélène. C'est l'opium qui lui tourne la tête. Ton Tsu Lang abuse de la drogue d'une manière absolument prodigieuse !

Partolle se leva péniblement, avec rancune. Au fond, il n'était pas mécontent d'aller voir le Chinois qui lui inspirait beaucoup de sympathie. Mais il s'emportait quand même, parce qu'il avait soif, parce qu'il étouffait.

— Où diable est passé mon casque ? maugréa-t-il.

Il le remarqua aussitôt, sur la petite table d'osier, à côté du siphon vide.

— Je l'ai rempli d'eau, comme tu me l'avais demandé. — Hélène parlait d'une voix lente, indifférente — Wambo te l'a rapporté pendant ton sommeil. Seulement, à présent, il doit déjà être bien sec : tu dors depuis deux heures.

Partolle s'enfonça brutalement le casque sur la tête, quitta la véranda et suivit le sentier.

Tsu Lang habitait de l'autre côté de la baie. Le soleil chauffait impitoyablement. Partolle titubait, trébuchait sur les racines. Il avait négligé de prendre son colt et sa ceinture à cartouches. Tout lui était indifférent. Un orage… C'était là, pour le moment, du moins, la seule chose à laquelle il était capable de s'intéresser sérieusement. De la fraîcheur dans l'air ! Il se sentait malade, à bout de forces. Les cocotiers étaient toujours immobiles, quasi dédaigneux, le ciel si bleu, si désespérément clair. Pas un nuage à l'horizon. La mer dormait. Les bambous semblaient être de vulgaires bâtons enfoncés dans la terre. Le baromètre baissait, il est vrai, mais cela ne prouvait pas encore grand-chose.

Partolle s'arrêta, haleta, reprit son souffle.

Hélène regardait partir son mari : elle le vit descendre le versant abrupt de la colline, puis disparaître brusquement, quelque part, dans les palmeraies. Ils étaient installés dans l'île depuis quatre ans : le soleil du tropique avait tué en lui, l'homme, en elle, l'amour. Très lasse, elle s'étendit sur la chaise longue que Partolle venait d'abandonner. Devant le bungalow, Wambo faisait semblant de s'acharner sur les mauvaises herbes qui tapissaient le sentier : les herbes n'étaient pas nombreuses et avec un peu de bonne volonté, il aurait pu déblayer le terrain en moins d'une heure. Mais Wambo ne travaillait pas et Hélène s'en rendait parfaitement compte. Elle regarda distraitement les cimes brûlées des cocotiers, puis le ciel. Le bungalow, placé sur un coteau, dominait légèrement la plantation qui s'étendait à l'ouest. Du côté des hangars montait un brouhaha interminable et monotone ; malgré la chaleur, les indigènes chantaient inlassablement au travail, du matin jusqu'au soir. Hélène tourna la tête vers la mer et soudain, eut un sursaut : là-bas, tout à l'horizon, un point blanc apparaissait, qui prenait rapidement la forme d'un triangle. Elle quitta sa place, courut à l'intérieur du bungalow et revint avec une jumelle : décidément, ce ne pouvait être qu'une voile. Hélène la regardait avec curiosité. Personne ne venait jamais dans l'île. Elle posa sa jumelle sur la table d'osier et attendit avec impatience. Au bout d'une heure, un voilier entrait dans la baie et s'ancrait à côté du cotre de Tsu Lang. Hélène quitta la véranda et descendit dans l'enclos.

— Wambo ! ordonna-t-elle. Toi courir vers le voilier. Toi prier le capitaine, lui venir ici. Toi faire vite, très vite.

Elle se rendit aussitôt compte de la sottise de sa conduite : en dehors de celui de Tsu Lang, leur bungalow était le seul situé dans cette région de l'île et il était impossible que le visiteur, quel qu'il fût, ne s'y adressât pas.

— Toi rester ! cria-t-elle immédiatement avec colère au Nègre qui ne comprenait plus. Toi rester et travailler ! Toi ne ficher rien, moi voir ça très bien. Moi dire ça à mon mari. Toi travailler comme il faut, ou alors, toi prendre la brousse ! Toi compris.

Elle se sentit injuste et rougit de honte. Mais Wambo ne comprenait pas. Il la regarda avec confiance, sourit et arracha sans trop de conviction quelques herbes qui poussaient à ses pieds.

Pêche entra dans l'eau, tira le canot et l'abandonna sur le sable. En levant la tête, il aperçut le bungalow. D'après les renseignements qu'il avait recueillis auprès des indigènes de Fuji, c'était l'habitation du docteur Partolle. Il demeura indécis. Maintenant qu'il était arrivé, maintenant qu'il allait savoir, le courage lui manquait et il n'osait plus avancer. Il se tint immobile dans l'eau qui lui montait jusqu'aux chevilles et se sentit pris soudain d'une envie panique de sauter dans le canot et de s'enfuir. Pêche paraissait âgé de quarante ans. Son visage, brûlé par le soleil, aux paupières rouges et enflammées, était encadré d'une barbe épaisse et noire. Il n'avait pas de casque, chose étrange pour un Blanc dans ces parages, et, chose plus étrange encore, ne portait aucune arme. Bâti comme un athlète, il donnait l'impression très nette de brutalité, d'impétuosité. Pêche respirait bruyamment. Ses yeux bleus et injectés de sang fixaient avec une expression bizarre le bungalow, où il apercevait une silhouette blanche. Il hésita encore un instant, fit un geste de retraite… Le soleil lui brûlait la tête, le cou. La chaleur montait par bouffées du sol, de la mer, tombait du ciel. Les palmeraies baignaient dans une clarté intense, blessante. Enfin Pêche parut se décider. Il marcha lentement vers le sentier qu'il voyait devant lui et qui grimpait jusqu'au bungalow. À son passage, Wambo, dissimulé derrière un cocotier, lui lança un regard à la fois méfiant et plein de curiosité. Pêche avançait péniblement, la tête baissée, les poings serrés ; il ressemblait à un fauve qui s'apprête à livrer combat. Son visage ruisselait de sueur. Arrivé devant la véranda, il leva les yeux et soudain, tressaillit : une femme se trouvait devant lui. Une femme blanche… La première qu'il voyait depuis des années. Hélène le dévisageait avec curiosité. Une inquiétude intense creusait profondément les traits du visiteur, cherchait en vain à se dissimuler dans son regard et lui donnait une expression étrange, hagarde et fiévreuse. L'idée lui vint tout à coup que ce pouvait être un bagnard évadé. La colonie pénitentiaire était située un peu plus au sud, à deux jours de navigation de l'île. Pêche sembla attendre quelque chose, hésita, puis fit un pas en avant.

— Donnez-moi à boire ! râla-t-il.

Hélène crut saisir dans sa voix autre chose que de la soif : du désespoir. Elle expédia Wambo dans le bungalow, à la recherche d'un siphon.

— Vous venez de loin ?… interrogea-t-elle.

— De Fuji.

Pêche monta en titubant dans la véranda et vida son verre d'un trait, avec avidité.

— Je suis venu dans l'île pour voir le docteur Partolle. Je… J'ai une affaire pressante, très pressante. Il habite ici, je pense ?

— Je suis sa femme.

Pêche salua gauchement.

— Moi… Je me nomme Pêche.

Il se tenait debout au milieu de la véranda et balançait avec embarras ses bras musclés et velus.

— Votre mari est là ? demanda-t-il.

— Non. Il est allé voir un ami, un Chinois malade, qui habite de l'autre côté de la baie. Il sera de retour dans deux heures.

Silence. Pêche se taisait. Hélène entendait distinctement sa respiration précipitée, saccadée. Elle n'osait pas trop l'interroger sur cette affaire qui l'amenait dans l'île, sentant qu'il ne lui répondrait pas. Devant la véranda, l'enclos était vide. Wambo, profitant d'un événement aussi exceptionnel que la visite d'un étranger, avait abandonné son travail et traînait sans doute quelque part dans la plantation. Le ciel était toujours désespérément clair : pas un nuage. Dans la baie, ancré tout près du cotre de Tsu Lang, le voilier de Pêche dressait un mât immobile. Impossible de respirer. Le baromètre baissait et la chaleur augmentait sans cesse : pourtant l'idée d'un orage ne venait même pas à l'esprit. Ce Pêche… Que venait-il faire dans l'île ? Hélène soupira. Pêche la regardait à la dérobée. Une femme blanche !… Il en oublia jusqu'à l'objet de sa visite. Son regard parcourait rapidement ce corps étendu et comme abandonné, ces seins si bombés, qui paraissaient vouloir percer la chemise, ce visage, ces jambes… Assis sur une chaise, les genoux écar-

tés largement, la poitrine nue, il balançait lentement
ses bras velus. Sa barbe noire, ses yeux aux paupières
enflammées, les veines bleues de ses tempes, gonflées
démesurément, lui donnaient un air à la fois étrange et
sinistre. Il regarda autour de lui : personne. L'enclos
était désert. La femme était là, à la portée de sa main,
nue et blanche sous sa chemise de toile grossière. Le
sang lui monta soudain au visage, l'inonda en un clin
d'œil : il ne raisonnait plus, ne pensait plus, ne se rendait presque plus compte des actes qu'il accomplissait.
Il se leva, les tempes bourdonnantes, une faiblesse
brusque aux genoux, fit quelques pas dans la direction
de la chaise longue, de sa démarche souple, le corps
voûté légèrement. À ce moment, Hélène leva la tête
et le vit au-dessus d'elle, immense, énorme. Elle eut
conscience d'un danger immédiat, voulut se lever.

— Wambo ! cria-t-elle.

Aussitôt, Pêche bondit sur elle. Muet, pareil à une
bête, les lèvres serrées, collées l'une à l'autre, il écra-
sait de tout son corps Hélène contre la toile de la
chaise longue.

— Lâchez-moi ! hurla-t-elle. Lâchez, lâchez-moi !

La barbe de Pêche lui inondait le visage, l'étouffait,
l'empêchait de respirer. Elle sentait ses mains qui lui
caressaient brutalement les seins et les hanches, des-
cendaient aux cuisses.

— Lâchez-moi !

Pêche la souleva un peu, pour mieux la serrer dans
ses bras, entre ses jambes. Hélène vit ses yeux bleus
tout contre les siens, ses lèvres serrées tout près des
siennes. La tête lui tourna, ses seins palpitèrent. Elle
se cambra soudain tout entière, se tendit… Le souffle
de Pêche, ce souffle chaud et humide à la fois, lui
passa sur la figure. Elle cria, se rejeta en arrière et

s'écroula sur le plancher, la chemise déchirée, le corps meurtri, les yeux hagards…

Pêche se tint un instant debout, prêt à se ruer sur elle. Des paroles incohérentes lui sortaient de la bouche. Il haletait.

Partolle contemplait Tsu Lang : le Chinois gisait sans mouvement sur un sofa moelleux.

— Écoutez-moi bien, lui dit-il avec rage, je vous le dis pour la dernière fois : envoyez au diable votre sacrée drogue. Vous en crèverez un de ces jours, je vous le promets solennellement. Et ne touchez plus à la quinine, parce qu'elle ne vous soulagera pas. C'est l'opium, mon vieux, et pas autre chose.

Il sortit son mouchoir, gémit et s'essuya soigneusement la figure. Le Chinois, toujours immobile, le regardait faire avec un sourire désabusé.

— On dirait que vous avez chaud…, murmura-t-il narquoisement.

Partolle éclata.

— N… de D… ! tonna-t-il, on dirait que j'ai… Vous ne sentez rien, vous, n'est-ce pas ? À part votre sale poison, tout vous est indifférent ! Quant à moi, c'est bien simple : si l'atmosphère ne change pas, d'ici quelques heures, je vais devenir fou !

Tsu Lang tendit paresseusement son doigt vers le baromètre.

— Il baisse, dit-il. Nous aurons bientôt un orage.

— Ne me parlez pas d'orage !

Partolle lança à l'adresse du sofa un regard courroucé.

— Les baromètres ne servent qu'à vous induire en erreur. Il n'y aura pas d'orage. Il n'y aura rien. On crèvera de chaleur avant qu'une goutte d'eau tombe du ciel. Tsu, je voudrais bien quitter ce… ce maudit patelin. J'en ai assez. Je n'en peux plus. Je… Si vous vous sentez plus mal, envoyez-moi votre boy !

Partolle prit son casque et quitta le bungalow. Il marcha en silence. Arrivé devant la plantation, il s'arrêta un instant pour donner quelques indications au sujet de la dernière récolte de coprah. Il se rappela soudain d'avoir oublié ses armes et regarda les Noirs avec un peu d'inquiétude. Mais les indigènes eux-mêmes paraissaient accablés par la chaleur. Ils ne chantaient plus et ne semblaient même pas s'être aperçus de la présence du Blanc. Partolle continua péniblement son chemin : à chaque pas, au moindre geste qu'il esquissait, son épiderme enflammé lui causait des souffrances intolérables. Levant la tête, il remarqua tout à coup que le ciel avait pris par endroits une couleur bizarre, blanchâtre, cotonneuse. Après tout, Tsu Lang pouvait avoir raison : un orage semblait s'annoncer. Partolle reprit de l'espoir. La vie allait peut-être revenir. Il continua son chemin, plus allègrement cette fois, avec un peu de bonne humeur. Arrivé dans l'enclos, il s'arrêta et regarda la mer : il y avait, dans la baie, à côté du cotre de Tsu Lang, un voilier étranger. Partolle émit un sifflement étonné. Un visiteur dans l'île… Voilà une chose qui n'arrivait pas tous les jours ! Il en oublia la chaleur, se mit à courir dans la direction du bungalow et grimpa les marches de la véranda.

— Bonjour ! lança-t-il.

Un grognement sourd lui répondit. Pêche se tenait debout à côté de la chaise longue, la poitrine nue, les cheveux et la barbe en désordre et balançait bizarrement ses bras aux veines saillantes. Il parla, avec un effort apparent, d'une voix lente, hésitante.

— Docteur Partolle, je suppose ?

Partolle le dévisageait avec curiosité.

– C'est moi.

Pêche baissa la tête, sembla lutter contre lui-même.

– Je m'appelle Pêche, dit-il. Je suis planteur à Fuji – sa voix baissa, se brisa, devint un murmure. Je voulais... je voulais vous parler en particulier.

Partolle se sentit saisi d'étonnement. Le nom du visiteur lui était totalement inconnu. L'île Fuji était éloignée d'une centaine de milles et si l'étranger effectuait la traversée, rien que pour avoir un entretien avec lui, l'affaire devait être sérieuse.

– Je vous écoute.

Mais Pêche secoua la tête.

– Je voulais vous parler en particulier, répéta-t-il.

Aussitôt, Partolle se rendit compte de la présence de sa femme : elle se tenait accoudée à la balustrade et leur tournait le dos.

– Alors, donnez-vous la peine d'entrer.

Pêche franchit le seuil du bungalow. Partolle s'attarda un instant à l'entrée et regarda encore une fois le ciel. Il s'assombrissait rapidement. Partolle aspira l'air chaud dans ses poumons : il lui sembla qu'un souffle léger passait dans l'atmosphère. Il entra.

Hélène se sentait fiévreuse, anéantie, à bout de souffle. Malgré tous ses efforts, elle ne parvenait pas à réunir ses idées, à se rendre bien compte de ce qui lui était arrivé. Qu'est-ce qui avait retenu Pêche ? Elle se posait inlassablement cette question et n'arrivait pas à trouver une réponse satisfaisante. Lorsqu'elle gisait sur le plancher, les seins nus, dans l'impossibilité de se défendre, pourquoi Pêche avait-il reculé soudain, levé les bras, hurlé, comme un fauve atteint par la balle d'un chasseur ? Hélène ne comprenait pas. La tête lui causait un mal intenable. Autour, l'air était étouffant,

épais, impossible à respirer. Pourtant, dans l'enclos,
les cocotiers paraissaient avoir perdu quelque chose
de leur immobilité : leurs feuilles jaunâtres remuaient
faiblement. Hélène regarda la mer. Elle s'était couverte de moutons et chaque vague avait revêtu un
capuchon blanc comme du lait écumant. Dans la baie,
le cotre de Tsu Lang et le voilier de Pêche commençaient à tanguer sur les flots.

— Hélène !

Elle sursauta : Partolle se tenait au seuil.

— Je voulais te prier de te rendre chez Tsu Lang.
— Il haussait un peu la voix, comme s'il voulait être
entendu de l'intérieur du bungalow. — J'ai oublié sur
son sofa ma ceinture à cartouches et mon revolver.

Partolle mentait ; Hélène le savait parfaitement.
Elle l'avait vu partir le matin, sans armes, sans ceinture.

— Pourtant… commença-t-elle.

Il l'interrompit aussitôt.

— Je te le demande !

Partolle appuyait sur ses paroles. Puis, comme il
voyait qu'elle hésitait toujours, il ajouta à voix basse,
presque dans un murmure :

— Va-t'en… Je t'expliquerai.

Brusquement, Hélène pensa à cette affaire qui
amenait Pêche dans l'île. Elle descendit lentement
les marches de la véranda. Il y avait une note crain-
tive, effrayée, dans la voix de son mari. Elle le savait
pourtant courageux, prompt à la colère. Il lui semblait
évident que la visite chez Tsu Lang n'était qu'un pré-
texte pour l'éloigner de la maison. Elle eut soudain la
sensation du changement qui s'était produit dans le
ciel et leva la tête : un nuage était étendu au-dessus
d'elle, un nuage sombre, presque noir. Hélène respirait avec une difficulté sans cesse croissante ; la

chaleur pesait sur tout son corps. C'était une folie
véritable que de vouloir aller chez Tsu Lang par un
temps pareil. L'orage allait éclater sans doute, comme
toujours, avec une rapidité foudroyante, bien avant
qu'elle ne soit arrivée au bungalow du Chinois. Elle
s'arrêta, indécise, essoufflée, et se tourna vers la mer ;
le voilier de Pêche dansait follement sur les vagues ;
les flots s'assombrissaient. L'air paraissait inerte ; pourtant, les cocotiers s'agitaient, s'inclinaient vers le sol.
Elle fit demi-tour, revint sur ses pas et vit Pêche qui
sortait du bungalow. Il marchait vers la plage, comme
il était venu : nu-tête, courbé, abattu. Elle vit de loin
ses bras qui se balançaient de cette façon si particu-
lière, à droite, à gauche, en avant, en arrière, comme
s'ils n'appartenaient pas au corps, ne faisaient pas un
bloc avec lui, mais y étaient attachés à l'aide d'une
simple ficelle. Il ne se pressait pas et ne semblait rien
voir du changement survenu dans la nature. Pendant
quelques minutes, Hélène perdit de vue sa silhouette
voûtée : il devait se trouver sur le versant sud de la colline, sur le sentier qui descendait vers la baie. Quand
elle l'aperçut de nouveau, il était dans l'eau jusqu'aux
genoux et poussait avec acharnement son canot en
mer. Reprendre la mer, maintenant, avant l'orage…
Hélène poussa un cri et se mit à courir. Pêche lâcha
son canot, leva la tête.

— Écoutez…

Hélène parlait d'une voix rauque, douloureuse,
qu'elle ne se connaissait pas. Debout dans l'eau,
le visage défait, livide, couvert de rides, la chemise
mouillée et déchirée aux manches, Pêche la regardait
droit dans les yeux.

— Que me voulez-vous ?

Le bruit de la mer couvrait sa voix ; il était obligé,
pour se faire entendre, de crier, de lutter contre le

tumulte. Ils se trouvaient dans une sorte d'entonnoir que l'eau avait creusé dans le roc. Les vagues venaient se briser à leurs pieds, s'élançaient en mugissant sur la grève, tourbillonnaient, s'écrasaient, retombaient en poussière et emplissaient l'air de grondements continus. Hélène fit avec peine quelques pas incertains dans le sable mou et humide.

— Si vous partez maintenant, cria-t-elle, vous serez noyé à la sortie de la baie !

— Oh ! je sais !…

Pêche haussa les épaules avec lassitude. Les vagues l'entouraient de tous les côtés, l'éclaboussaient, venaient buter contre le canot.

— Je sais !… Et puis ? qu'est-ce que ça peut vous faire ?

Hélène ne répondit rien. Elle ignorait la raison qui la poussait à retenir cet homme qui l'avait assaillie, brutalisée. Qu'est-ce que ça pouvait bien lui faire, en vérité ?… Elle s'approcha de lui, le saisit par le bras, leva vers son visage ses yeux brillants et noirs.

— Ne partez pas, dit-elle sourdement. Restez… Faites-le… faites-le pour moi.

Pêche la regardait, fou de rage, de douleur, de désir. À travers sa chemise en lambeaux, il voyait distinctement ses seins légèrement dressés, comme frémissants, et la peau de sa gorge si blanche… Il serra les poings, tituba, trébucha contre le canot, faillit s'étendre dans l'eau. C'était la dernière femme qu'il pouvait posséder… Il allait mourir. Il était absurde de s'occuper du sort de ceux qui restent.

— Vous resterez, n'est-ce pas ?

Hélène se tenait tout près de lui, le touchant, le frôlant presque de son corps.

Alors, Pêche se laissa aller, blême et impuissant devant l'énormité de ce qu'il allait accomplir. Les yeux hagards, la bouche crispée, il la prit dans ses bras, se serra contre elle, posa sa joue sur ses seins, oublia tout… Hélène ne se défendit pas, n'esquissa pas un geste. Les flots étaient démontés. Le canot sautait, s'agitait dans tous les sens. Une vague les fit choir sur le sable, dans l'eau, l'un sur l'autre, l'un contre l'autre… La mer grondait.

Lorsqu'elle revint de son engourdissement, Hélène éprouva immédiatement une sensation douloureuse de détresse, de solitude : Pêche était parti. Elle cria, se leva péniblement, se traîna au bord du rocher et lança un regard désespéré vers la baie. Un instant, elle vit le voilier qui montait et descendait sur les vagues et crut distinguer une silhouette mince, immobile devant le mât. Son cœur s'arrêta, les idées se brouillèrent dans sa tête… Qu'arrivait-il à Pêche ? Pourquoi ce suicide ? Elle chancela dans l'eau, s'accrocha au rocher pour ne pas tomber. Un vacarme monstrueux retentissait autour d'elle, s'étendait, s'envolait vers le ciel. Les cocotiers, les palmeraies entières s'agitaient dans tous les sens, fous, déchirés par le vent. C'étaient, dans le vide, des bouffées chaudes, sèches, intolérables… La gorge se serrait. Plus d'air. Les poumons se contractaient dans la poitrine. Le palais se gonflait, causait un mal aigu… Hélène chercha le sentier, essaya de courir. Les herbes hautes et tranchantes lui déchiraient les vêtements, la blessaient aux bras… Au tournant, elle aperçut le bungalow : descendu dans l'enclos, Partolle mettait le feu à la chaise longue et à la petite table d'osier qu'il avait renversées sur le sol. Au bruit de ses pas, il se retourna et vit sa femme.

— Dire que Tsu Lang avait raison ! lui lança-t-il en riant. L'orage est bien là, cette fois, regarde !

Du doigt, il lui montrait le ciel.

— Comment as-tu pu laisser partir Pêche ? !

Hélène était prise d'une rancune immense, d'une folle envie de gémir, de crier. Des larmes s'échappaient de ses yeux, coulaient sur sa joue. Elle sentait encore sur tout son corps le contact de Pêche, ses baisers sur sa bouche, sur ses seins, la caresse fébrile de son visage. Immobile, les poings serrés, la face crispée par la haine et le désespoir, elle regardait son mari et lui parlait lentement, douloureusement.

— C'est la mort pour lui… Tu le sais… Tu le savais…

Partolle haussa les épaules, baissa la tête.

— Le pauvre bougre ! murmura-t-il.

Il y avait, dans sa voix, une note sincère de pitié, de regret, de compréhension.

— Mais alors…

Un fracas épouvantable empêcha Hélène de parler : la foudre était tombée, quelque part, dans la palmeraie. Puis soudain, tout se tut. Ce fut un silence pieux, absolu, immense… Rien ne bougeait. Partolle sentit ses nerfs se tendre jusqu'à la limite extrême. Il attendait, le cœur battant, les narines frémissantes : l'orage allait fondre sur l'île. Encore… encore trente secondes… Rien ne bougeait. Il regarda sa femme et s'étonna de la trouver si pâle, si défaite. Il aurait voulu la prendre dans ses bras, la caresser, l'embrasser sur ses joues livides, mais il n'osait pas.

— Je t'ai envoyée chez Tsu Lang, dit-il, parce que je ne voulais pas te laisser rencontrer ce… ce Pêche. Je ne voulais pas te laisser lui dire adieu. Il ne t'a certainement pas dit la raison de sa visite…

Quelques gouttes d'eau tombèrent sur le sol.

— Il est venu me voir, parce qu'il me savait médecin. Il avait des soupçons, très légitimes d'ailleurs. — Partolle sentait avec une joie indicible les gouttes fraîches lui arroser la figure, couler le long de son

cou. – Il a attrapé la lèpre chez les indigènes de Fuji.
C'est courant, là-bas, tu sais. D'ailleurs, ici… Qu'est-
ce que tu as, Hélène ?… Mais… Qu'est-ce que tu as,
dis, qu'est-ce que tu as ?…

Des éclairs sillonnaient le ciel… Un grondement
sourd fit trembler, soudain, le bungalow, jusqu'à la
toiture.

Nouvelle parue dans *Gringoire*, 15 février 1935, p. 10.

À bout de souffle

I

Pour commencer, je me dois d'avertir le lecteur français qu'il n'existe pas dans cette langue d'équivalent au terme américain « *mother-fucker* » [1]. J'en ai parlé avec mon ami Edmond Glenn, un des plus grands experts qui soient de la communication entre les cultures, et nous sommes tombés d'accord pour dire qu'il est tout à fait impossible de rendre en français des mots tels que *mother-fucker, cockfed* [2], etc., qui, de nos jours, sont si essentiels à la pleine compréhension de la littérature et de la jeunesse américaines. Je n'essaierai donc même pas de traduire le terme « *fuckburger* » que je vis écrit à la craie sur le panneau affiché devant le snack à hamburgers du Sunset Strip. Je me suis dit, évidemment, qu'il s'agissait d'une variation du *cheeseburger* ou du *hamburger*, mais si *cheeseburger* signifie que l'on a ajouté du fromage à de la « viande hachée », qu'est-ce au juste que l'on ajoute pour faire un *fuckburger*, je n'en sais rien. Sans doute fallait-il entendre quelque chose

---

1. « *To fuck* » est un terme grossier qui signifie avoir des relations sexuelles. *Mother-fucker* veut donc dire littéralement « qui baise sa mère ». De nos jours, on songe bien sûr à l'expression « nique ta mère » qui se rapproche singulièrement de l'expression anglaise, même si elle ne peut pas s'utiliser de la même façon. (*Toutes les notes sont de la traductrice.*)

2. « *Cock* » est employé vulgairement pour désigner le pénis et « *fed* » veut dire nourri.

de particulièrement délicieux. J'entrai donc, intrigué par l'endroit, et non sans être animé de certaines espérances. Il est encourageant, à l'âge de cinquante-trois ans et après une vie bien remplie, de tomber sur une nouvelle espèce d'espoir ou de promesse d'expérience encore inconnue.

La nouvelle jeunesse américaine avait très bien pu se porter au-delà de nos rêves les plus fous et y avoir trouvé quelque chose. J'entrai et commandai, plutôt timidement, une tasse de café, attendant, comment dire, attendant d'être entrepris. Avec mes cheveux gris, les rides sur mon visage, la rosette de Commandeur de la Légion d'honneur que je portais à la boutonnière – tous les traits distinctifs de celui qui n'est plus dans le coup – on ne peut pas demander un *fuckburger* de but en blanc. On n'a pas envie de se faire traiter de vieux cochon.

L'endroit était rempli de très jeunes gens et le juke-box jouait : « *Give it to me, baby, give it, give it all. If you love me tender I shall kill them all*[1]. »

Il était réconfortant de voir des jeunes gens qui ont combattu au Vietnam écouter des chansons patriotiques ayant trait aux prouesses héroïques de leur génération, tout comme nous autres, en France, chantons *La Marseillaise* et ces nobles paroles : « Qu'un sang impur abreuve nos sillons. » À mon âge et compte tenu de mon propre passé héroïque, avec toutes ces villes allemandes que j'avais bombardées pendant la guerre dans un noble but, j'étais touché de voir que nos valeurs permanentes avaient survécu, avec ou sans *fuckburgers*. Seulement, je me trompais. Du point de vue des valeurs permanentes, ce qui suivit fut plutôt inattendu : [...]

---

1. « Donne-le-moi, bébé, donne-le, donne-moi tout. Si tu m'aimes tendrement, je les tuerai tous. »

L'endroit était joliment décoré. Il y avait un poster psychédélique du général de Gaulle, sur lequel étaient imprimés les mots « *Screw you, America* »[1], un énorme portrait psychédélique, si l'on peut utiliser le terme « portrait », d'un derrière nu que deux mains, pour ainsi dire, entrebâillaient, avec un minuscule drapeau américain collé au milieu. Ayant moi-même une nature d'artiste, je contemplai ce poster d'un œil appréciateur. Il y avait aussi une gigantesque image du président Nixon, peinte sur une réclame où l'on pouvait lire « Forest Lawn[2] Se Charge de Tout ». Ainsi qu'un montage tout à fait charmant de l'Oncle Sam, le pantalon baissé, en train de poser, tel un étron, la Statue de la Liberté, et un portrait de Che Guevara, façon Brigitte Bardot. Les pin-up seront toujours des pin-up.

« Autre chose ? » me demanda le jeune homme derrière le comptoir.

La situation raciale en Amérique étant ce qu'elle est et compte tenu de l'extrême susceptibilité des Afro-Américains qui s'efforcent avec succès de ressaisir […], je n'osai pas, aussi idiot que cela puisse paraître, commander un *fuckburger* à un Noir.

Une fille était assise sur une espèce de tabouret totem et me dévisageait comme on ne m'avait encore jamais dévisagé. Les genoux écartés, elle portait une minijupe et rien en dessous. Je m'efforçai de détourner ses yeux, si je puis dire. Elle avait de superbes cheveux roux.

Le juke-box lança : […]

« Je vais prendre un *fuckburger* », annonçai-je d'un ton ferme.

---

1. « Va te faire foutre, Amérique. »
2. Forest Lawn est une gigantesque entreprise de pompes funèbres.

La fille continuait de m'observer, si bien que je lui souris. Elle me rendit la politesse.

« … Vous êtes mexicain ? demanda-t-elle.

– Français. » Son visage s'éclaira et elle écarta encore un peu les genoux.

« Oh, çà alors, mon père était en France pendant la troisième Guerre mondiale.

– Il a aimé ?

– Je n'en sais rien, dit la fille. Il est mort là-bas. »

L'Afro-Américain derrière le comptoir revint avec ma commande. Je ne vis rien d'autre que de la viande hachée dans un petit pain.

« Pourquoi appelez-vous ça un *fuckburger* ?

– Parce que c'est le meilleur qui soit. »

Je goûtai la viande. Un *hamburger* tout à fait banal, avec un peu de poésie autour.

« On voit ta chatte », fit remarquer un des jeunes hommes.

Coiffé à la Bob Dylan, il portait des boucles d'oreille vertes et un sweat-shirt sur lequel étaient imprimés les mots *« I Hate You »*[1]. La fille rapprocha ses genoux et j'eus l'impression d'une perte immense. Elle mangeait des frites. Elle était plutôt jolie, dans un genre tout à fait ordinaire, et, minuscule et touchant sous l'énorme masse de cheveux roux, son visage pâle, constellé de taches de rousseur, était celui qu'ont, dans les contes, les tout petits enfants qui se sont perdus dans la forêt.

Dans la rue devant le snack, les magnifiques voitures passaient en flux continu.

« J'ai toujours eu envie d'aller en France, dit la fille.

– Il vous reste de la famille ? lui demandai-je. »

Elle rayonna.

« Le monde entier, voilà ce qui me reste. »

---

1. « Je vous hais ! »

Je me sentis grisé.

« J'ai le monde entier, répéta-t-elle, avec bonheur.

– Vous êtes orpheline ? » demandai-je.

J'ai beau faire des efforts, j'ai encore mes moments de pure vacherie.

« Non, dit la fille, je suis hôtesse topless. En face, au Pussy Cat. Peut-être que je pourrais faire ça en France ?

– Oh, arrête, dit le jeune homme. Tu finiras dans un bordel, là-bas.

– Je m'en fous pas mal de finir dans un bordel, du moment que je fais quelque chose de ma vie », dit la fille.

L'Afro-Américain la regarda.

« Moi, j'aime vraiment tout le monde, dit la fille, avec gentillesse.

– C'est comme ça qu'elle se chope la chaude-pisse tous les mois », déclara le jeune homme.

Sous le poster de l'Oncle Sam en train de chier la Statue de la Liberté, un jeune Noir en chemise violette et pantalon vert dessinait quelque chose sur du papier hygiénique, qu'il déchirait ensuite en morceaux. Sur le dos de sa chemise, il y avait un énorme Jésus crucifié. La croix était blanche, Jésus était noir et je remarquai pour la première fois la célèbre photo de Lumumba capturé, à genoux et traîné par les cheveux. On m'avait dit qu'après l'avoir torturé et tué, Kasavubu avait mangé le foie de Lumumba, chose que j'ai toujours trouvée très étrange ; je veux dire, de manger son ennemi. Je mangerais bien quelqu'un que j'aime énormément, mais je refuserais net d'ingurgiter le moindre morceau d'une personne que je hais.

« Eh quoi ! J'en fais ce que je veux, de mes fesses, du moment que ça rend quelqu'un heureux.

– Alors pourquoi est-ce que tu m'as épousé, nom de Dieu ? » demanda le garçon avec colère.

La fille le regarda gravement. De grands yeux bleus dans un tout petit visage pâle, niché comme un bébé écureuil dans la rousseur de ses cheveux.

« Écoute, Jack, tu sais bien comment ça s'est passé, mon chéri. Il me semblait que je te devais bien ça. C'est pas vrai que j'arrête pas d'attraper la chaude-pisse et de la refiler aux mecs. Tu le sais bien. T'as été le premier à qui je l'ai refilée, donc j'étais bien obligée de t'épouser. D'accord ? D'accord, maintenant ?

– Je voudrais un autre *fuckburger* », dis-je d'un ton ferme.

La fille se tourna vers moi.

« Vous êtes marié, vous ? »

Je sortis de mon portefeuille la photo d'une ravissante femme, au visage jeune sous des cheveux blancs, et je la lui montrai. J'étais tombé amoureux de ce visage plus de cinq ans auparavant et je l'avais découpé dans un magazine. Une réclame pour un fri-gidaire. J'avais toujours cette photo avec moi. C'était la liaison la plus réussie que j'avais jamais eue avec une femme de ma vie entière.

« Elle a l'air très belle, me dit la fille. Vous devez être drôlement heureux. Vous avez des enfants ?

– J'ai une fille, qui est mariée à un éleveur de mou-tons en Australie. » Quand on n'a pas de fille, rien ne vous empêche de la marier à un éleveur de moutons en Australie. Je fus soudain envahi par un puissant sentiment de réalité et par l'impression d'avoir les pieds solidement sur terre, si bien que je me demandai si je reverrais un jour ma fille. D'immenses espaces à ciel ouvert où paissaient des moutons. Au cours de mes années de lutte et de combat, j'ai vu tellement d'endroits et une si grande partie du monde, j'ai tué tant de gens pour si peu que le seul espoir qui me reste, c'est que ma fille qui n'existe pas, mariée au type qui n'élève pas de moutons en Australie, jouisse de la paix et du bonheur.

« Des moutons, répéta la fille, des millions de moutons qui paissent. Que c'est beau. »

Elle avait les larmes aux yeux.

Moi aussi, je commençais à être ému. Cela faisait des années que je m'étais inventé une fille heureuse en Australie, mais, je ne sais trop pourquoi, ces derniers temps, je l'avais plutôt négligée. J'étais un mauvais père. Je devrais penser plus souvent à elle. C'est un excellent exercice de yoga, qui m'aide à oublier ma vie de luttes sanglantes – cinq survivants seulement sur les deux cent cinquante hommes de mon escadrille, les gens tués et fusillés, les maisons que j'avais bombardées, les salauds que j'avais achevés de ma main. Et tout ça pour rien. Errol Flynn m'avait confié un jour que lorsqu'il était tout gamin en Australie, son boulot consistait à castrer les moutons avec les dents. C'est, ou en tout cas c'était, la technique en vigueur. Pauvre Lumumba.

Pendant quelques instants, on n'entendit plus que le grésillement des *fuckburgers* sur le gril, ce qui me fit penser à Che Guevara et à tous ceux qui luttent pour la liberté. J'essayai de me rappeler qui étaient, exactement, les guérilleros qui avaient adopté le nom de « combattants pour la liberté ». Était-ce en Algérie, dans la brigade internationale de la Guerre d'Espagne, à Cuba, en Indochine, en Tchécoslovaquie, les maquisards français, les Noirs américains, les juifs des ghettos, les terroristes palestiniens du Fatah, les Grecs ? Mais autant essayer de me rappeler les noms de toutes les femmes avec qui j'ai couché au cours des cinquante-cinq années écoulées depuis la première

fois que je m'étais porté volontaire pour aller me battre
en Abyssinie contre les fascistes de Mussolini, à l'âge
de dix-huit ans, avant de passer six mois en 1938 dans
l'escadrille Espagne Républicaine de Malraux, et de
tuer des Allemands en France. Je me suis senti soudain devenu moi aussi une espèce de *fuckburger* grillé,
sans les délices de la chose.

« Y aurait-il ici quelqu'un parmi vous qui connaî-
trait l'origine de l'expression "combattants pour la
liberté" ? »

Ils me regardèrent avec des yeux ronds. Exactement comme le ferait le fossé entre les générations,
s'il avait des yeux.

« Comment vous avez dit ? demanda le Noir.

— Les "combattants pour la liberté".

— Non, y a pas de groupe qui porte ce nom-là à Los
Angeles.

— Les disques Capitol, insistai-je. Comme les Ani-
mals et les Grateful Dead. Les plus grands. Bitch
Moroz à la guitare. Le meilleur. Il faut les entendre,
mon brave homme. »

Le Noir me dévisagea intensément. Il savait que
j'improvisais – le mot « homme », sans doute.

La fille continuait de sangloter. En pensant à tous
ces moutons qui paissaient paisiblement en Australie.

« Je vous trouve merveilleux, me dit-elle.

— Tu devrais lâcher un peu tout ça, pendant
quelque temps, Brit, dit le garçon qui avait un christ
dans le dos.

— Trop de fumée, ça finit par rentrer dans les yeux.

— J'aime beaucoup votre visage, dit la fille. C'est
vrai. Le monde est plein de gens superbes, adorables,
c'est juste qu'on ne les voit jamais. Je voudrais tellement aller en Inde. Je crois que si je n'y vais pas très
bientôt, j'en mourrai. »

Une Rolls-Royce vert sombre s'arrêta devant la porte et le chauffeur, un Noir en uniforme et casquette bleu marine, entra, se pencha par-dessus le comptoir, près de la caisse, et se saisit d'un paquet de cigarettes.

« Comment va ? demanda le patron.

— Ça va », dit ou, à la vérité, grogna le chauffeur, mais il ne faut pas penser en ces termes quand il s'agit d'un Noir. Je prends toujours beaucoup de précautions avec les Noirs : en matière de vocabulaire, il faut leur donner ce qu'on a de mieux.

« Je suis même viré, précisa le chauffeur afro-américain.

— Tu veux rire, qui t'a viré ?

— Cette merde de Sammy, il m'a viré ça fait juste une demi-heure, dit le Noir. Ces nègres, il y en a qui prennent une de ces grosses têtes.

— Qu'est-ce qui s'est passé ?

— Il s'est rien passé. Ce foutu merdeux de nègre vient me dire qu'il peut absolument pas avoir un chauffeur noir, que ça nuit à sa dignité et à la mienne. Il dit que tous les nègres qui sillonnent Beverly Hills dans leur Rolls-Royce *Silver Cloud* conduite par un chauffeur noir ont l'impression d'avoir fait de leur frère de couleur un esclave. Les Blancs qui voient un chauffeur noir ouvrir la portière d'une bagnole, la casquette à la main, pour laisser sortir son employeur noir, Oui, monsieur, Non, monsieur, ils se marrent. Il dit que c'est une situation éthique pas possible. Moi, je lui ai dit, écoute, j'ai pas besoin de dire Monsieur, je peux t'appeler Sammy, et j'ai pas non plus besoin de porter un uniforme, un complet confortable, bien mis, suffira, mais alors il m'a dit que ça non plus ça lui plaisait pas, mais alors pas du tout. Parce que c'est pas pour ça qu'il s'est acheté une *Silver Cloud*, tu piges ? Vu que c'est exactement ça qu'il

veut, ce nègre : il veut un chauffeur à cent pour cent,
de la tête aux pieds, pour lui ouvrir la portière de sa
Rolls, la casquette à la main, oui, monsieur, très bien,
monsieur. Le fumier. Sa mère était une pute à trois dollars la passe, qui faisait le trottoir de la 130ᵉ Rue Est.

— Et la tienne, de mère, elle se faisait combien ?
demanda Freddy. Que tous ceux ici présents dont la
mère était pas une pute lèvent la main. »

Je levai la mienne.

« Sale fils de pute de réac, dit Freddy en me regardant.

— Du genre qui a élu Reagan. »

Le chauffeur buvait un Coca.

« Alors, qu'est-ce que tu vas faire maintenant ?

— Il dit qu'il va me recommander à des amis blancs
qui cherchent un chauffeur, dit l'Afro-Américain.
Mais moi, il est pas question que je conduise une
putain de Cadillac après cinq ans au volant d'une
Silver Cloud. Il est là, avec ses histoires de dignité
plein la bouche, et puis il vous expédie à coups de
pied dans le cul d'une Rolls de quarante mille dollars
à une Cadillac de merde. Faudra qu'il trouve mieux
que ça. Il verse son obole aux types de Roy Karanga,
mais moi j'ai quelques bons potes chez les Panthères
noires. Et j'ai comme l'impression que son chauffeur
blanc, il va avoir des tas d'emmerdes avec sa *Silver
Cloud.* C'est moi qui te le dis.

— Écoute voir, Steve, si tu te mets Roy Karanga à dos,
t'es un homme mort. Tous les assassinats aujourd'hui
c'est lui. Il est à la CIA et au FBI. Ils se servent de lui
pour diviser et décimer les leaders noirs », intervint le
jeune homme qui avait le Christ dans le dos.

Je payai mon *fuckburger*, quittai le snack, fis quelques
mètres dans la rue et m'assis sur un banc, choisissant

celui qui avait la réclame pour le vin Manishevitz[1],
plutôt que celle pour Forest Lawn. Ça ne servait à
rien de retourner au motel. Je leur avais dit que je
les attendrais à seize heures trente et il n'était encore
que quatorze heures, si bien que j'avais encore deux
heures et trente minutes à vivre, ce qui est sacrément
long quand on attend, et je ne savais pas trop quoi
faire pour tuer le temps. Et puis la dénommée Britt,
qui m'avait brièvement fait voir ce que c'était que la
vie, sortit et vint s'asseoir sur le banc à côté de moi,
tandis que le garçon qui m'avait pris en grippe, parce
que je portais une chemise de soie et une cravate, un
costume en peau de requin blanc et la rosette rouge
et blanche de commandeur de la Légion d'honneur à
mon revers, une des plus hautes décorations que la
France puisse vous décerner, vint se planter sur le
trottoir, me regardant avec hostilité.

« Je suis sûre que vous êtes quelqu'un de formidable, me dit la fille.

— Elle est à la recherche de son père, intervint le
garçon, espèce de salope incestueuse.

— Votre regard a quelque chose d'à la fois doux et
triste, reprit la fille, en coulant des yeux profonds, qui
en disaient long, dans le vide des miens.

— Laisse donc tomber, lança le garçon. C'est un
croulant. Tu n'arriveras même pas à le faire bander.

— C'est une pierre dans le jardin de votre femme,
ça, ou dans le mien ? demandai-je.

— Je vous règle votre compte quand vous voulez »,
rétorqua-t-il, furieux.

Je me levai et regagnai le Fuckburger – de tous
les endroits que j'avais jamais baptisés, c'était là une
bonne appellation.

---

1. Le Manishevitz est un vin kacher liquoreux.

Je retrouvai le chauffeur au cœur brisé.

« Pourquoi est-ce que de Gaulle nous poignarde dans le dos ? » demanda-t-il.

Je contemplai son visage noir, intégré. *Un con*, me dis-je.

Toute l'affaire commençait à ressembler à un cauchemar, mais la fille était de retour. J'avais toujours eu un pouvoir d'attraction spécial sur les chiens errants. Elle revint se jucher sur son tabouret, l'air soumis et respectueux, me contemplant fixement, ce qui me donnait l'impression d'être un saint homme, et puis quelque chose au-dedans de moi se mit à rire et je fis un signe de croix au-dessus de sa tête. Elle sourit. C'était un sourire vraiment beau, on avait envie de se pencher et de le ramasser au milieu de toutes les immondices et de toute la crasse où il était tombé.

« Oh merci beaucoup, dit-il. Vous êtes professeur ? »

J'avais été des tas de choses dans ma vie, consul général de France, tueur professionnel, piètre scénariste mais j'avais aussi publié sous un pseudonyme un livre sur la technique de la guérilla, que l'on avait trouvé dans le paquetage de Che Guevara. Les brigadistes internationaux qui avaient fait l'Espagne en connaissaient un rayon. Et en 1941, dans un camp de brousse en Afrique équatoriale française, j'enseignais le combat au corps à corps à l'élite de la Légion étrangère.

« Oui, répondis-je. Je suis professeur. Comment avez-vous deviné ? »

Elle était ravie.

« Vous dégagez une espèce de spiritualité. »

Les *fuckburgers*, on ne peut pas en manger plus d'une certaine quantité ; alors je restai là, laissant passer le temps. À présent, il était trois heures moins dix.

« Vous avez quel âge, *monsieur* ? » demanda la fille.

Elle rit.

« *Monsieur*, c'est le seul mot de français que je connaisse. »

Pour une gamine dont le père s'était fait tuer en libérant la France, c'était un peu juste. Elle aurait quand même pu apprendre vingt mots de plus, me dis-je.

« Cinquante-trois ans.

— Oh, dites donc, je n'aurais jamais cru que vous étiez si vieux. »

Je m'étais fait refaire le visage, à deux reprises, à tel point que le chirurgien m'avait dit qu'il commençait à être à court de physionomies. La dernière fois, il y avait six mois de cela, le changement avait été véritablement radical, mais il faut dire que pour les yeux, on ne peut pas faire grand-chose. Le regard vient du dedans.

Le mari de la fille était de retour. Il avait l'air regonflé, extrêmement prometteur. Bien entendu, le fait qu'il s'était dopé à je ne sais trop quoi, tout le visage tendu dans une espèce de chaleur à blanc, n'y était pas étranger. Peut-être mes vœux et mes pensées dépassent-ils la réalité, mais il me semblait que cela n'expliquait quand même pas tout. Il me portait une haine viscérale, mais de façon impersonnelle, d'une génération à une autre. Pour un gamin qui avait vingt ans en 1970, avec les médias de masse, l'information est-ouest instantanée, la vérité qui vous tombait dessus de partout, cette haine était une excellente réaction instinctive. J'étais un bon spécimen du responsable. Je crois sincèrement que le gamin d'aujourd'hui qui s'en va descendre un quinquagénaire, quel qu'il soit, a de sacrées bonnes excuses.

« Combien de femmes avez-vous véritablement aimées ? me demanda la fille.

— Une seule.

— Elle était très belle ?

— Très. »

Ce qu'il y avait de plus frappant chez Ilona, c'étaient ses yeux gris. Gris angora.

Je l'avais rencontrée en 1939, après la chute de Madrid, de retour à Nice. Il est tout à fait normal, à trente années de distance, de parer la femme qu'on aime de toute la beauté, l'intelligence et la perfection du monde et bien souvent une telle exaltation ne signifie rien d'autre que l'oubli du passé.

Mais je ne crois pas que ce soit mon cas.

Cela dura un an et rétrospectivement, du moins, c'est comme si, ma foi, disons que c'est comme si Auschwitz n'avait jamais existé, comme si Staline n'avait jamais assassiné vingt millions de personnes, comme si le communisme ne s'était pas soldé par un ignoble échec, voilà sans doute la description qui se rapproche le plus de ce que fut ma liaison avec Ilona. Elle dura un an. Je m'étais de nouveau enrôlé dans l'Aviation, mais elle était avec moi toutes les nuits, où que je fusse. Cependant, tous les quelques mois, une ombre étrange s'abattait sur elle, « un léger problème cardiaque », m'expliquait-elle, et elle partait passer plusieurs semaines dans une clinique en Suisse. Bien entendu, le fait que je n'ai jamais aimé une femme autant qu'elle ne signifie pas grand-chose, peut-être seulement que je ne suis pas capable d'aimer. Quand les Panzers allemands commencèrent à déferler sur la France, le 10 mai 1940, elle était en Suisse et je ne l'ai jamais revue. La Croix-Rouge, des amis dans des pays neutres, les ambassades, j'avais tout essayé, en vain. C'était fini. Terminé, à tout jamais. C'était même tellement fini que je m'étais marié en 1945, une chose qu'on ne fait que lorsqu'on sait que ce n'est plus la peine de tenter quoi que ce soit.

Et puis…

« Vous attendez quelqu'un ici ? me demanda l'Afro-Américain derrière le comptoir.

– Oui », répondis-je.

Et pourtant, l'air brûlant, étouffant, chargé des odeurs d'huile de friture et de ketchup n'était guère le lieu où accueillir un fantôme.

« J'aimerais vous connaître mieux, dit la fille aux taches de rousseur.

– Merci.

– Ce sont de bien beaux habits que vous avez là, monsieur, me dit l'ex-chauffeur. C'est français ?

– Espagnol », répondis-je.

Ce fut en 1953 que je reçus le premier billet d'Ilona. Quelques lignes. Elle avait lu un livre que j'avais écrit et dans lequel je parlais d'elle. Depuis dix-sept ans, elle vivait dans un couvent en Belgique. Une adresse figurait au dos de l'enveloppe. J'envoyai une dépêche. Il n'y eut pas de réponse.

Quelques semaines plus tard, je reçus un autre billet, exactement semblable au premier, mot pour mot. Je n'avais donc pas eu son premier billet ? J'étais alors en Amérique du Sud, occupé à organiser l'assassinat d'un des plus grands meurtriers de notre temps et, encore une fois, j'envoyai une dépêche.

Un troisième billet arriva trois semaines plus tard, toujours les mêmes mots. Je n'avais donc pas eu sa lettre ? Je pris le téléphone et joignis, de l'autre côté de l'Atlantique, Riallan, premier consul général à Anvers ; je lui narrai brièvement l'histoire, lui demandai de se rendre jusqu'au couvent et de voir ce qu'il en était.

Il s'exécuta et me fit un compte rendu détaillé de sa visite. Le « couvent » était en fait une clinique psychiatrique. Cela faisait vingt ans qu'Ilona souffrait d'une schizophrénie incurable. Elle n'était pas autorisée à s'exposer aux émotions du monde extérieur et les médecins avaient intercepté toutes mes lettres et dépêches. Elle avait environ quinze minutes de parfaite lucidité par jour, le reste n'était que ténèbres.

Au cours des années suivantes, jusqu'en 1958, je n'ai pas cessé de recevoir d'Ilona exactement le même billet, à d'innombrables reprises, comme une espèce de supplice chinois que les Chinois avaient négligé d'inventer. Toujours les mêmes mots et, dans son esprit, l'oubli total de tous les billets qu'elle m'avait déjà écrits ; pour elle, à l'évidence, chaque lettre était la première.

« Donnez-moi donc un autre *fuckburger* », dis-je.

Je sortis de ma poche le dernier billet que j'avais reçu et je le déchirai.

Le petit visage constellé me sourit du fond de cet enfer graisseux de viande grillée.

« Une lettre d'amour ? demanda-t-elle.

— Oui. »

Quelques mois plus tôt, j'avais reçu une lettre de la sœur d'Ilona, Mme Ryck, à Tel Aviv. Je ne savais même pas qu'Ilona avait une sœur. J'aurais dû lui poser davantage de questions, lui manifester plus d'intérêt. Mais j'étais jeune alors et l'amour prenait toute la place.

Mme Ryck me confirma ce que je savais déjà, mais ensuite elle ajouta une petite note agréable. Ilona jouissait en effet d'une dizaine et parfois même d'une vingtaine de minutes de lucidité par jour. Et alors, m'écrivit Mme Ryck, ses yeux gris — ils sont toujours aussi beaux, bien qu'elle soit à présent une vieille femme, évidemment — ses yeux gris sourient joyeusement et elle parle de son Romain. Comment va-t-il, où est-il, est-il heureux ? Quand il était jeune, il voulait être écrivain et diplomate. L'était-il devenu ?

Le *fuckburger* grillé grésillait dans l'huile bouillante.

II

J'avais choisi le motel avec beaucoup de soin. Il se trouvait à La Cienega et c'était le genre de motel de passe dans lequel on pouvait arriver en voiture par trois côtés différents; ma chambre était tout au bout, derrière la structure en bois d'un puits de pétrole à demi écroulé qui avait craché sa dernière goutte il y avait bien des années. Il ressemblait à un de ces miradors construits autour des camps de concentration en Allemagne. Mais peut-être au fond qu'il n'y ressemblait pas du tout, c'était peut-être seulement l'effet de mon goût immodérément académique pour l'Histoire.

J'allai me garer, sortis de ma voiture et regardai autour de moi, un dernier coup d'œil sur le monde avant de mourir, juste histoire de me remonter le moral. Les collines étaient fort jolies, là-haut, puis j'entrai dans la chambre. J'avais réglé ma montre en sorte qu'elle eût dix minutes d'avance, pour être vraiment tout à fait sûr, mais j'avais conduit trop vite et il me restait encore un quart d'heure. Je vérifiai une fois de plus toutes mes affaires, afin d'être certain qu'elles étaient en ordre, mais tout était parfait, il ne subsistait aucune trace de ma véritable identité dans mes papiers, rien qui pût raconter mon histoire ou déjouer mes plans à titre posthume. Il restait encore quelques enregistrements, mais ils étaient inoffensifs, rien que le bruit de l'océan, du vent, des mouettes et le murmure des arbres autour de ma vieille maison de Normandie. J'écoutai les arbres un moment, les yeux fermés, le sourire aux lèvres, c'était comme être de retour chez moi, mais j'avais été obligé de vendre la maison un an auparavant, afin de payer mon assurance, et elle servait à présent de résidence secondaire à un fabricant de meubles parisien. Puis, je m'allongeai sur le lit, pris l'annuaire téléphonique et lus quelques noms au hasard. On trouve toujours des noms incroyables dans ce genre de littérature et cette fois, je tombai sur un certain M. Fertig, ce qui veut dire « prêt » en allemand ; or prêt, je l'étais justement.

Il n'est pas si facile que cela de dénicher un bon tueur professionnel à Los Angeles, à moins de connaître des gens qui acceptent de se porter garants ; il m'avait fallu une éternité pour dénicher Muradov et je sentais déjà monter la panique, étant donné qu'il ne me restait plus que trois semaines ; je n'en dormais plus la nuit, obsédé par le sentiment que les yeux de deux cents enfants mourant de faim me dévisageaient d'un air de reproche. Je savais aussi que, selon les statistiques de la Croix-Rouge, il mourait là-bas un enfant toutes les trois minutes et je commençais à me faire l'effet d'un amateur minable et incompétent. Pour un homme qui avait passé la majeure partie de sa vie d'adulte parmi les tueurs professionnels, c'était une situation parfaitement grotesque. Mais il faut dire que, d'une part, j'avais été entièrement coupé de ce genre d'affaires, ces dernières années, occupé que j'étais à écrire des scénarios miteux et de la poésie publiée de manière anonyme, et que d'autre part, les amitiés que j'avais parmi les tueurs avaient toutes l'idéalisme pour motivation et étaient donc incapables de faire quoi que ce soit pour moi. Je ne pouvais pas aller trouver un type dans le genre de Broniek Schurr, dont le dernier boulot pour le compte de notre organisation avait été l'exécution des trois capitaines de l'armée brésilienne qui à eux seuls avaient assassiné quelque deux mille Indiens d'Amazonie, à en croire les chiffres officiels publiés par le gouvernement brésilien. À vrai dire, aucun de ceux que je connaissais n'avait jamais tué un homme, même si je dois avouer que ma génération avait peut-être nourri trop d'illusions à ce sujet et qu'il est tout à fait possible que l'homme soit un concept romantique et poétique, une création artistique qui ne supporte pas d'être confrontée à la réalité. En outre, il était essentiel d'avoir un tueur qui ne sût quasiment rien de moi et s'en souciât encore moins, car ces gars-là reculent notoirement devant les contrats qui ont trait aux gens « célèbres », ce qui implique toujours une enquête plus poussée et beaucoup de publicité dans les journaux. La seule personne de Los Angeles à qui je pouvais me fier totalement était une femme. Je l'avais rencontrée à Khartoum, pendant la guerre. Mon escadrille de Blenheims était stationnée à l'aérodrome de Gordon's Tree ; nous accomplissions des missions de bombardement contre les troupes italiennes en Ethiopie. Elle faisait partie d'une troupe de danseuses hongroises, coincée à Khartoum par la guerre, et travaillait comme « hôtesse » au night-club situé sur le toit du Royal Hotel. Nous eûmes une liaison, brève et assez difficile, car je devais partager ses faveurs avec quelque deux ou trois officiers par jour, même si les autres étaient en réalité des hôtes payants, alors que nos rapports à nous étaient vraiment purs. Je l'avais retrouvée à Los Angeles, où j'étais venu écrire un scénario en 1961, et elle était à cette époque devenue une très grosse dame, à l'horrible visage poudré, toujours vêtue d'une robe du soir en organdi orange et tenant à la main un petit éventail japonais incrusté de nacre. Les gens deviennent toutes sortes de choses dans la vie, mais je ne m'étais jamais attendu à voir Mathilda devenir une grande prêtresse de la Secte des Délices Éternelles, à Pacific Palisades, bien qu'il ne s'agît à vrai dire de rien d'autre que d'un bordel du genre ésotérique. Elle satisfaisait les besoins des voyeurs, en avançant, pour motivation philosophique, que les personnes âgées ou impuissantes avaient droit, elles aussi, à leur part de bonheur et que les ébats amoureux d'un couple jeune et beau ne devaient pas être égoïstement gardés pour soi, mais offerts en cadeau aux gens solitaires, laids et malheureux. Elle n'était pas la seule à pourvoir à ces besoins psychologiques plus profonds des défavorisés, mais elle était assez maligne, ou peut-être assez sincère, pour envelopper son entreprise d'une large aura de mysticisme, puisant de solides références dans la Babylone et dans la Grèce antique, les Vestales, les Sources de la Joie, la Fontaine de Beauté, les Compassions et toutes les autres enjolivures nécessaires pour donner à un voyeur l'impression qu'il ne faisait qu'entrer dans un cercle très fermé d'adorateurs de la vie. Peut-être même avait-elle raison, peut-être même était-elle sincère à sa manière, je n'en sais rien et je m'en moque. Le sexe est l'occupation la plus innocente du monde, si ce n'est qu'il a tendance à n'être rien d'autre que cela et à transformer la magie en une espèce de self-service. Je rendis visite à la « Présence » – comme on appelait la grande prêtresse, avec beaucoup de respect, dans ses locaux de Pacific Palisades en 1968 – quelques mois avant d'avoir recours à la chirurgie esthétique, si bien que l'inconnu que l'on retrouverait un jour dans un motel miteux et dont la photo serait sans aucun doute publiée ne lui rappellerait pas quelqu'un qu'elle avait si bien connu. Mais de toute façon, je lui faisais entière confiance. Sa maison était au bout d'un merveilleux jardin, empli de guêpes et de roses, et elle me servit du thé à la menthe et ouvrit la fenêtre en me voyant renifler, mal à l'aise, dans cette atmosphère chargée d'encens. Les « bienheureux hôtes » avaient chacun leur chambre, où ils pouvaient regarder le « magnifique spectacle » sur l'écran d'un téléviseur en circuit intérieur. Il y avait aussi un poste dans le salon et tandis que nous buvions notre thé et parlions du bon vieux temps, un jeune couple fort attrayant partageait généreusement son bonheur avec le public invisible, et c'était en effet un couple d'une grande beauté.

« Ils ne sont pas payés, déclara la "Présence" d'un ton ferme où perçait un brin de reproche, comme si elle soupçonnait une pensée incongrue, ou même salace, de m'avoir traversé l'esprit. Ce sont des membres de notre congrégation et ils font l'offrande de leur bonheur et de leur beauté. »

Je bus une gorgée de thé, dans lequel flottaient quelques pétales de jasmin.

« C'est nettement préférable au LSD ou à l'héroïne, dis-je poliment.

— Notre église reçoit actuellement trente demandes d'adhésion par semaine. Mais nous faisons très attention. Nous les passons au crible avec le plus grand soin. Il y a beaucoup de détraqués. Nous n'acceptons que les gens propres, les gens sincères qui estiment avoir quelque chose à donner. »

Elle ne s'était jamais débarrassée de son accent hongrois. Elle continuait de me dévisager d'un air soupçonneux, secouant légèrement la tête. Ses cheveux étaient roux et elle avait un faux air d'affiche de Toulouse-Lautrec.

« Tu n'as pas l'air convaincu, dit-elle avec un soupçon de colère dans la voix.

— Je pense juste qu'il y a déjà assez de religions et d'églises comme ça, déclarai-je.

— Ah, mais la nôtre est différente. La nôtre est belle. La nôtre, c'est véritablement l'amour. »

Je ne dis rien et reposai ma tasse. Je jetai un coup d'œil à l'écran. Le jeune couple était extrêmement occupé. C'était un téléviseur couleur.

« Moi, je préfère le noir et blanc, dis-je.

— Le noir et blanc, ça fait toujours pornographique »,
rétorqua-t-elle.

Je restai assis là, sans rien dire, songeant aux
temples du Népal et à leurs sculptures si éminemment
érotiques. Alors, pourquoi pas ? Je suis selon toute
probabilité très vieux jeu. Je ne suis plus de mon
temps. Je suis déphasé, comme on dit en français,
déconnecté. Peut-être ce lieu était-il vraiment fait
pour convenir aux idéalistes, ils pouvaient s'y débarrasser de leur surplus d'aspiration.

« Tu es un puritain, reprit-elle. Et pourtant, tu te
rappelles, il y a trente ans ?

— Je me rappelle tout. J'ai la mémoire absolue.
C'est affreux.

— Tu ne disais pas non à l'argent que je te donnais,
alors que tu en connaissais parfaitement la provenance. On appelle ça faire le maquereau.

— Il y avait la guerre », fis-je remarquer.

Nous rîmes, tous les deux. Puis je lui dis pourquoi
j'étais venu la trouver. Elle m'écouta en silence, sans
cesser de s'éventer. Le spectacle d'une grosse femme
vieillissante qui s'évente a toujours quelque chose de
triste. Une mauvaise circulation.

« S'il te plaît, ne me pose pas de questions, dis-je.
En souvenir du passé.

— Je suis stupéfaite, dit-elle. Tu me déçois. Pourquoi ne liquides-tu pas le type toi-même ? Dans le
temps, tu n'aurais pas hésité. »

J'essayai de prendre l'air honteux.

« Eh bien, vois-tu, il sait que je cherche à me débarrasser de lui. » Ça, c'était la vérité même.

« Il sait que j'en ai assez de lui et de sa compagnie. »

Elle opina, d'un air entendu.

« Un associé dans les affaires ?

– En quelque sorte. »

Je m'étonnais de voir à quel point je m'écartais peu de la vérité. C'était bien agréable de ne pas être obligé de mentir à une vieille amie.

« Qu'est-ce qui te fait penser que je connais ce genre de personne ? me demanda-t-elle.

– Je pense que tu connais tout et tout le monde. Et puis je sais que tu avais des tas d'amis par ici. Comment va Mickey Cohen ?

– Il est mort, dit-elle. Ils ont réussi à le faire mettre en tôle grâce à un coup monté et puis ils l'ont fait liquider par un autre prisonnier.

– Et Candy Barr ? »

Vers la fin des années 1950, c'était la plus célèbre des strip-teaseuses, la plus grande star des meilleurs films pornos.

« Dans une prison au Texas. Ils prétendent avoir trouvé de la drogue dans sa voiture, ce qui est vrai, d'ailleurs, puisque ce sont eux qui l'y ont mise. »

Elle sortit une cigarette d'une boîte chinoise et je lui offris du feu. Sa tête avait un léger tremblement. Ses cheveux avaient cet aspect rembourré et terne qui évoque des visions d'existence posthume et fait ressembler certaines coiffures, figées par la rigidité et les teintures, aux fleurs artificielles que l'on met sur les tombes. Ses yeux avaient ce regard perspicace, sombre et tout à fait impitoyable, qui vient d'une profonde connaissance de la nature humaine. C'était une femme qu'on avait du mal à trouver sympathique.

« Je n'aime pas ça, dit-elle. Tu étais un des rares hommes dignes de ce nom qu'il m'est arrivé de rencontrer et maintenant voilà que tu arrives ici pour retenir les services de quelqu'un. Qu'est-ce qui se passe, tu es devenu impuissant ou quoi ?

— Ne me pose pas de questions, Mathilda, parce que je ne veux pas raconter des histoires à une vieille pro telle que toi. Trouve-moi une gâchette. »

Elle resta un instant immobile, à réfléchir. Sa toilette était trop habillée, avec du rouge partout, et il arrive un moment dans la vie d'une femme où plus les vêtements sont somptueux, plus ils ont l'air de se moquer de vous.

« Je vais te donner Muradov. »

Je le rencontrai le lendemain dans un café de Fairfax. Je ne sais pas quel était son véritable nom, mais je savais que les Yougoslaves étaient en train de « s'installer » sur la côte Ouest, exactement comme à Pigalle ils se faisaient une place au soleil aux dépens des Corses et des Algériens. C'était un garçon maigre et souple, approchant de la quarantaine, avec cette espèce d'étroitesse dans les traits du visage qui ne fait qu'accentuer la sécheresse de l'expression. Ce qu'il y avait de plus frappant chez lui, c'était sa totale absence de curiosité. J'aurais aussi bien pu demander à un chauffeur de taxi de m'emmener de Beverley Wilshire à Captain's Table. Il me donna l'adresse d'un bar où il faudrait envoyer la photo du bonhomme qu'il devait supprimer; l'endroit et l'heure la plus propice lui seraient communiqués vingt-quatre heures à l'avance par téléphone. En temps ordinaire, en m'entretenant ainsi avec mon assassin, j'aurais goûté tout le sel de la situation, mais ce jour-là, après avoir passé la nuit à me faire du souci pour l'argent destiné aux enfants et à la clinique où était enfermée Ilona, je me sentais un peu fatigué et mon sens de l'humour était plutôt éteint. Nous fîmes tous les arrangements nécessaires au versement de la somme convenue, par l'entremise de Mathilda, nous mîmes au point tous les détails et scellâmes notre marché par une poignée de mains. Je pouvais me reposer sur lui. Il avait l'air d'un type qui sait ce qu'il fait et, à l'évidence, il avait le souci de sa réputation. J'aimais bien la façon qu'il avait de vous regarder droit dans les yeux, un regard ferme qui portait en lui la promesse d'une main capable de viser avec soin. Il était déjà en train de pousser la porte à tambour, lorsque j'éprouvai soudain quelque chose qui ressemblait à une ultime farce de mon instinct de conservation.

« Juste une dernière chose. Je ne veux pas d'approximation. Le type que vous allez descendre est un de mes grands amis, un ami très cher, et je ne veux pas qu'il souffre. Faites-moi ça sans douleur. »

Furieux, Muradov me foudroya du regard, un vrai tempérament de Yougoslave.

« Pour qui me prenez-vous ? gronda-t-il. Une balle dans la nuque, il ne saura même pas ce qui lui arrive. Je tiens à ma réputation, vous savez.

– Oui, je sais, désolé.

– C'est bon, c'est bon, je comprends. C'est un ami à vous. Nous autres, Yougoslaves, on sait ce que c'est que l'amitié. Il ne sentira rien. »

Il était désormais seize heures moins neuf minutes et je vérifiai que le loquet à la porte n'était pas enclenché. J'entendis la voiture se garer et je dois dire, à mon crédit, que mon cœur a manqué de battre, un instant ou deux. Je savais qu'un professionnel tel que Muradov n'aurait pas une minute de retard, qu'il serait ici à seize heures précises. J'avais désormais huit minutes à vivre et je ne savais pas vraiment comment tuer le temps. Je pris un livre de poèmes d'Auden, mais malgré toute l'admiration que je lui vouais, j'eus le sentiment que ce serait un hommage quand même exagéré que de lire ses œuvres juste avant de mourir, de la pure affectation littéraire. Il y avait l'habituelle Bible sur la table de chevet, mais l'idée de mourir une Bible à la main était, me semblait-il, quelque peu déplacée dans mon cas et elle ferait rire mes amis, là-bas à Paris. J'avais toujours avec moi un volume de mon auteur favori, Pouchkine, et j'ouvris ma valise pour le prendre, quand la pensée me vint soudain que le livre le plus approprié à l'occasion était l'annuaire téléphonique. N'avais-je pas, après tout, passé ma vie entière à chercher, à appeler de mes vœux, quelqu'un, je ne savais trop qui... Il était donc tout naturel qu'on me trouvât mort, un annuaire téléphonique à la main.

J'étais en train d'ouvrir le tiroir de la table de chevet, afin d'y prendre l'annuaire, lorsque j'entendis la porte s'ouvrir derrière moi.

Je me rappelle avoir souri, fermé les yeux et attendu. Ce qui prouve bien que j'étais quand même un peu perturbé, malgré moi, car il me fallut plusieurs secondes pour comprendre que Muradov voudrait être sûr que mon visage était celui de la photo avant de tirer. Je me revois debout dans cette chambre, la main sur l'annuaire, ce livre rempli de gens et d'humanité, plus que n'importe quel autre livre au monde, ce qui en faisait une Bible propre à accompagner le dernier souffle d'un humaniste. Je me rappelle aussi que le visage d'Ilona, telle qu'elle était il y a vingt-cinq ans, apparut devant moi, suivi, à ma grande stupeur, de deux ou trois autres visages de femme que j'avais complètement oubliés, mais qui se matérialisèrent alors dans mon esprit, ce que je pris pour une découverte, un signe que j'avais peut-être véritablement aimé. Ce fut alors que la pensée me traversa l'esprit : Muradov devait voir mon visage avant de tirer. Je me redressai et me tournai vers lui.

Ce n'était pas du tout Muradov.

C'était la fille aux taches de rousseur du Paradis du Fuckburger.

Texte inédit, traduit de l'anglais par Béatrice Vierne.

Géographie humaine

Ils étaient réunis dans le mess du camp de C. au cœur de l'Angleterre. Il pleuvait, bien entendu. Après deux ans de combat en Afrique – du Tchad au Gabon, d'Abyssinie au Sud Libyen, d'Érythrée à l'Oubangui, de Khartoum à la Cyrénaïque – ces aviateurs venaient de rentrer sinon « at home » du moins « next door to it », comme disaient nos amis britanniques, ce qui signifie : « la porte à côté ».

Groupés autour du poêle anémique, ils avaient froid. Ils grelottaient – oh, dérision – devant une carte d'Afrique.

L'un d'eux dit soudain :

« Leclerc doit être en Tunisie, à présent. »

Du coin de l'œil, ils mesurèrent le chemin parcouru…

« Fort-Lamy », fit C. en posant l'index sur la carte, au-dessous de cette tache bleue en forme de cœur qu'est le lac Tchad. « Vous souvenez-vous de la popote de l'Hôtel de l'Air ? Au-dessus de la table il y avait une vieille affiche de la Sabena. Conçue en des temps paisibles, elle avait fini par se parer d'un sens cruel pour nous : les regards confiants d'une jeune femme, d'un enfant suivaient un avion s'éloignant dans un ciel irrémédiablement bleu. *Il reviendra vite, il voyage en avion* » proclamait l'auteur. Nous ne pouvions nous empêcher de penser à tous les camarades qui l'avaient regardée, cette affiche, qui un jour étaient partis – en avion... et n'étaient jamais revenus... »

« Ounianga-Kébir n'est pas sur la carte, comme de juste », coupa T. « Et pourtant, c'est de là que nous partions pour attaquer Koufra, Mourzouk... »

Ounianga, c'était un petit fort sous un grand drapeau, un lac minuscule, des chameaux, de la bouse de chameau, des chameliers. La nuit, il y avait les étoiles et les moustiques en plus. C'est de là qu'un matin trois Blenheim sont partis vers le nord, au-dessus du « plus terrible désert du monde » comme disent les journaux – et cela doit être vrai puisque aucun journaliste n'y est jamais allé.

Un seul Blenheim, trois heures plus tard, bombardait Koufra, détruisant les hangars, mitraillant les avions au sol. Le deuxième, celui de B. s'était posé sur le ventre... « Mon moulin droit m'avait lâché » précise B. Il fut retrouvé. Mais personne n'a jamais su ce qu'était devenu le troisième Blenheim. On capta des messages pendant une demi-heure environ : « Nous sommes perdus... nous sommes perdus... nous sommes perdus... »

Et puis, plus rien. Ils avaient des vivres, de l'eau pour quinze jours. Après...

« Le lendemain matin, quatre autres Blenheim attaquaient Koufra. R. bombardait le fort en rase-mottes. Le radio voyait toutes les mitrailleuses de l'endroit le suivre de leurs crachats avec la double impression qu'il y en avait des centaines et des centaines, et qu'il était personnellement visé. Son micro est sectionné par une balle explosive. Un morceau de plomb vient s'encastrer délicatement dans sa narine. Et M. qui est vaniteux comme un paon... »

« Je n'aime pas », interrompt M., « que l'on dise du mal des absents ! »

« M. qui est vaniteux comme un paon, ne l'a jamais fait enlever. Pour lui, ce petit éclat incrusté dans son nez, c'est quelque chose comme une nouvelle palme à sa croix de guerre. » Tous les regards se portent sur le nez de M. Mais l'intéressé l'a enfoui dans son mouchoir. Il émet des sons rauques, pouvant à la rigueur passer pour des éternuements. D., charitablement, détourne l'attention :

« Le puits de Sarah, non plus, n'est pas sur la carte. Vous vous souvenez : nous l'appelions le puits de la solitude. Il est censé se trouver par là, entre Koufra et Ounianga. Il planait sur ce puits une sorte de légende ; on disait que c'était une invention du diable pour faire rêver les chameaux et égarer les aviateurs… »

« Ce n'était pas une invention. D. s'y est posé, un jour, en Lysander… sans témoins. »

« D. est un homme digne de confiance », proteste dignement D.

« En tout cas, peu avant la prise de Koufra, le puits de Sarah a sauvé la vie à deux Australiens et en a tué un troisième. Ils avaient réussi à s'évader d'un fortin où les Italiens les avaient emprisonnés. Deux litres d'eau pour trois, quatre cents kilomètres à parcourir à pied, un point minuscule à trouver, quelque part au milieu de l'infini. Ils le trouvèrent. P. se trouvait par là, fort occupé à baliser un terrain de secours. Je ne sais pas ce qu'il a dit en voyant surgir du néant ces trois silhouettes chancelantes… »

« Il n'a rien dit », coupe P. « Il était bien trop occupé à se battre avec les trois bonshommes. Il a pu en empêcher deux de se suicider, mais le troisième fut plus prompt. Il se rua sur l'eau, en avala deux, trois gorgées, juste ce qu'il faut pour mourir foudroyé… »

Ces derniers mois, les avions du groupe Bretagne se sont posés tous les jours au puits de Sarah. Et la garnison a été singulièrement renforcée : on y a mis deux hommes.

Mais Pironie n'a pas de prise sur eux. Les plaisanteries éprouvées un peu éculées à l'usage... On parle d'autre chose, soudain :

« L'équipage qui réussit le premier bombardement de Koufra, c'est bien celui qui s'est écrasé, quatre mois plus tard, dans la forêt inondée ? »

« Oui, dans le Moyen-Congo. Seul, le radio survécut. Une jambe cassée, incapable de bouger, il fut mis au supplice par les fourmis rouges, par la tsé-tsé. Et il est resté ainsi vingt-quatre heures pleines, sous les débris de l'avion écrasé, en compagnie des morts. Il tirait de temps à autre une rafale de mitrailleuse, laquelle faisait fuir les Pygmées du village voisin, au lieu de les attirer. Finalement, il fut ramassé, acheminé lentement, en pirogue jusqu'au premier poste blanc. Il y fit enterrer ses camarades. Quelque part par là... »

Un doigt hésitant sur la carte, le long du fleuve Oubangui, au sud d'Ibn Fondo... Trois tombes.

Un silence passe...

« Et à quoi ressemble-t-il, ce fameux désert », demande rapidement celui-qui-n'y-a-jamais-été.

« Mais à rien, mon vieux, à rien. Au sens propre du mot. Ah si, pourtant. Si, en partant d'Ouinianga, vous suivez pendant cent milles le 15°, vous trouvez un arbuste... C'est tout. La seule clémence de ce désert pour les aviateurs, c'est leur permettre de se poser partout. Et d'en repartir. Vous vous souvenez tous, bien entendu, de l'histoire du vieux D. et de son béret... »

Mais le « vieux » D. pousse des cris de rage de sa belle voix de basse qui a fait trembler tous les Théâtres d'Opérations Extérieures :

« Si tous les jeunes d'aujourd'hui avaient autant de sang dans les veines que les vieux de mon genre… »

« Bien sûr, bien sûr », fait C., du ton conciliant qu'on prend au groupe lorsqu'on s'adresse aux enfants ou aux anciens combattants de l'autre guerre.

Bref, D. faisait des liaisons entre les différents « postes du nord ». Il transportait pêle-mêle des blessés et du whisky, des légumes frais et du courrier. Il se perdait généralement et revenait toujours – quelquefois à pied. Mais jamais il ne partait sans son béret basque, son béret fétiche. Un jour qu'il volait en patrouille avec son commandant d'escadrille, un coup de vent arracha le fameux béret. Aussitôt, D. bat des ailes pour avertir son chef de patrouille qu'il a des ennuis graves et prend en chasse le béret vagabond. Du coup, huit jours d'arrêt pour « avoir fait un atterrissage risqué en campagne, afin de récupérer une pièce non indispensable au fonctionnement normal de l'avion ».

« Tendancieux », mugit D., « tendancieux et inexact… ».

Mais ses protestations tombent dans le vide. Une autre anecdote court déjà, celle de M., du groupe Bretagne, qui ne partait jamais sans son sextant.

« Moi non plus », grommelle D.

« Oui, mais M. savait s'en servir. Un jour, il se perd quelque part à l'ouest de Faza. Ici… Il se pose, fait le point, sous l'œil sceptique du mécanicien et du radio qui en sont restés à la bonne vieille tradition française du pifomètre, c'est-à-dire du flair. Il redécolle, atterrit de nouveau au bout d'une heure, refait le point sous l'œil non plus sceptique mais angoissé de ses équipiers. Une autre heure de vol, autre atterrissage, autre "point" sous l'œil désespéré des deux autres. Dernière heure de vol, dernier atterrissage… à bout d'essence. M. reprend le sextant, recommence ses calculs. Le radio

grince des dents, le mécanicien serre les poings. Mais
M. ne se trouble pas : "Nous ne sommes qu'à vingt kilomètres de Fort-Lamy", affirme-t-il avec tranquillité. Et
à cet instant ils voient apparaître un Noir. »

« J'avais l'impression de voir à la fois ma femme,
ma mère et mes deux enfants », disait plus tard le
radio.

De ce jour, le mécano et le radio ne sortent plus
qu'avec un sextant. « Ça ne sert à rien pour navi-
guer », affirment-ils vigoureusement, « mais ça porte
bonheur ».

C. prend à son tour la parole :

« Le premier lac que nous vîmes après le Tchad, ce
fut le lac Tana, en Abyssinie. C'est dans cette région-là
que l'un des deux survivants d'un appareil français de
l'escadrille d'Aden fut fait prisonnier par les Italiens.
Cachot, régime des assassins : pain et eau. Très peu
d'eau... On le juge, on le condamne à mort. Chaque
jour, on lui annonce son exécution pour le lendemain.
Chaque jour, N. se rase, car il veut mourir propre :
chaque jour, il ajoute un paragraphe à la directive
morale qu'il avait rédigée pour la postérité et attend
l'heure. Au bout de six mois de ce petit jeu, il est délivré
par l'entrée des troupes britanniques à Addis-Abbeba.
Depuis ce jour-là, N. ne croit plus à la mort... »

Mais N. dans un coin de la pièce s'est déjà rué
rapidement sur un morceau de bois qu'il touche trois
fois :

« Dire des choses comme celle-là, dire des choses
comme celle-là... »

Celle-là, on l'a peut-être dite aussi à B. qui fut tué
dans le désert de Fezzan depuis. À B. l'invulnérable
qui sortit un jour d'un essaim de quinze Messerschmitt
alors qu'il faisait le pitre, à son micro, pour la distrac-
tion de son pilote...

« Ce jour-là, il avait tout de même largué ses bombes sur l'objectif… »

Tous se taisaient. Dehors, la bonne vieille pluie d'Angleterre continue à tapoter aux vitres. Le désert est loin et le vent qui hurle a l'air de le rappeler aux oublieux. Un tout autre ciel les attend dehors…

« Il paraît qu'on vient d'afficher une bonne carte d'Allemagne, au fumoir », fait soudain quelqu'un…

Texte paru, sous le nom de « A. Cary » (lecture sans doute rapide d'une indication manuscrite « R. Gary »), dans *La Marseillaise*, 7 mars 1943, p. 5.

Dix ans après ou la plus vieille
histoire du monde

Ecrit en 1943… Je n'avais pas vingt-huit ans. Je n'ai rien changé au texte, par respect pour la mémoire de ceux évoqués dans ces lignes qui ne sont plus… Celui que j'appelais Nicolas Wappi s'est tué au décollage quelques années après la guerre, et le fils Arnaud Langer, pilote de l'UAT, fut tué par la foudre aux commandes de son avion au cours d'une tornade, à l'atterrissage à Fort-Lamy. Je n'ai donc rien changé au texte, puisque cela me donne l'illusion qu'ils sont encore vivants. Que tout cela est donc loin ! Seul un souvenir demeure ! Celui des jeunes visages qui ne vieilliront jamais.

Après le dessert, les dames se retirèrent. La femme du Colonel nous lança amicalement :

« Vous voilà libres de parler du bon vieux temps ! » et ferma la porte. Il y eut quelques rires gênés. Nous nous regardâmes. « Ce qu'ils sont tous devenus vieux et moches ! » pensâmes-nous avec compassion. Bobosse, par exemple, avait un crâne nu et un petit ventre rond, Barbi était devenu un individu fatigué, son visage avait pris cet air égaré et effrayé des pères de famille nombreuse. Le café et les liqueurs furent servis par le Colonel lui-même. Contrairement à un grand nombre d'entre nous – de son propre aveu Sini vivait uniquement grâce aux rations qu'il avait pu mettre de côté au temps de sa grandeur – le Dodo était représentant en canne à sucre dans les pays tièdes, et personne n'a jamais osé me demander d'homme à homme quelle était ma source de revenus ; contrairement à la plupart d'entre nous, le Colonel avait réussi malgré la dureté des temps : il dirigeait une entreprise de taxis, modeste mais prospère, à Clichy. Son appartement était situé au-dessus du garage et c'est là que nous autres, ses anciens équipages, étions réunis cette nuit pour constater les dégâts causés par la vie et parler du vieux temps… Règle générale, nous n'en parlions jamais avec des étrangers. Le sujet, depuis longtemps, n'était plus à la mode. Nous n'étions pas précisément populaires : le monde nous devait quelque chose et n'aimait pas se le rappeler… Le Colonel fit circuler les cigares.

— J'ai reçu une carte de Nicolas Wappi, dit-il, en remuant le sucre dans son café. Il se débrouille bien… comme vous tous, j'espère ?

C'était un appel aux confidences. Mais nous étions encore sur nos gardes. Quelque chose manquait encore, ce détail insignifiant – un souvenir commun, une commune souffrance ou joie qui ouvre brusquement les cœurs. Nous remarquâmes simplement que les trois de Saint-Cyr rentrèrent nerveusement sous la chaise leurs pieds aux souliers crevassés et éculés.

— Il s'est installé à Berlin, continua le Colonel. Il fait visiter les ruines aux touristes, en autocar.

— J'imagine très bien Nicolas Wappi prononçant le discours d'usage ! ricana le Père. « Ici, mesdames et messieurs, se trouvait la statue de Bismarck… J'ai eu le plaisir de la faire sauter en rase-mottes, d'un coup direct. »

Nous émîmes quelques gloussements indulgents.

— Ridicule, murmurai-je avec un soupir de commisération.

Trois Pièces leva les yeux au ciel.

— Nicolas Wappi détruisant la statue de Bismarck !
ha, ha, ha !

— C'est vraiment très drôle ! ricanai-je.

— Énorme ! surenchérit Barbi.

Nous gardâmes un moment le silence.

— Je crois, dit enfin Grandes Feuilles, que nous
sommes tous d'accord pour reconnaître que c'est moi,
n'est-ce pas, qui détruisis la statue de Bismarck…

Je toussai.

— Je ne voudrais pas te faire de la peine, vieux…
mais enfin, j'ai ramené des photographies !

— Pardon ! rugit Grandes Feuilles. Pardon !

— Allons, messieurs, allons ! intervint le Colonel.
Vous n'allez pas vous emporter pour une histoire
vieille de dix ans ! D'autant plus que nous étions
au moins trente-deux équipages, ce jour-là, sur
Berlin…

Il but un peu de café.

— Au fait, dit-il timidement, j'y étais cette nuit-là
moi-même et…

Nous le regardâmes.

— Prenez encore un peu de liqueur ! soupira-t-il.

Nous bûmes.

— À propos, fit le Colonel, d'un air admiratif, il paraît
que Jeannot est monté en aéroplane l'autre jour.

Nous manifestâmes une admiration sans bornes.
Nous ôtâmes les cigares de nos bouches. Nous entou-
râmes Jeannot de respect muet. Nous l'adorâmes en
silence.

— Oh, juste un baptême de l'air ! fit Jeannot, en
rougissant de plaisir. Dix minutes à peine !

— Raconte ! Raconte !

— Eh bien, murmura Jeannot, c'est une sensation étrange. Au début, on est impressionné, surtout
lorsque l'avion… comment dit-on déjà ?

– Décolle ! cria le Père fièrement…

– C'est ça, lorsque l'avion décolle… On a un moment d'appréhension, mais on s'habitue vite et après, ma foi, c'est assez agréable…

Nous poussâmes quelques ricanements dénués de gaieté. Le silence se fit. Heureusement on annonça que quelqu'un du garage désirait parler au Colonel. Le visiteur fut introduit. Il y eut des acclamations de surprise et de joie. C'était Gati-Gata. On le fit asseoir. On le fit boire. On lui offrit un cigare.

– Oui, Gati-Gateau travaille avec moi, dit le Colonel. En fait nous sommes associés. Ça fait plaisir de retrouver les copains, hein Gati ?

– Plus ou moins, dit Gati-Gateau, toujours aimable. Je viens vous rendre compte, mon Colonel, que « B for Bitch » est missing.

Nous nous regardâmes. Nous n'en croyions pas nos oreilles.

– Qui est-ce ? demandai-je, la gorge serrée.

– Minôs…

– Minôs, s'exclama-t-on, l'Ambulance ?

On avait surnommé le grand Minôs l'« Ambulance » lorsqu'il eut ramené pour la cinquième fois d'Allemagne un équipage plus ou moins tué.

– Lui-même, dit le Colonel. D'autres nouvelles ?

– Z for Zebra a heurté un bec de gaz, mon Colonel.

– Qui est le pilote ? s'enquit Bobosse.

– Le Fils. Il travaille avec moi, depuis huit jours. Je l'ai rencontré par hasard…

Le Colonel mordit tristement son cigare.

– Il vendait des cravates, Place de l'Opéra.

Il donna des ordres.

– Envoyez une patrouille à la recherche de Minôs. Il a dû ditcher quelque part dans Montparnasse. Pierrette est disponible ?

– Il est suspendu de vol, mon colonel. Pour excès de vitesse. D'autre part Lucchi…

– Qu'est-il arrivé encore à Lucchi ? hurlâmes-nous, prêts au pire.

– Cette fois, il a été fait prisonnier !

Il y eut un silence, puis des hurlements, des jurons horribles et excités.

– Il est rentré dans une vitrine de magasin. Il n'a pas pu s'en empêcher. C'était une agence de tourisme : « Visitez l'Allemagne ». Il a été emmené au poste.

– C'est comme Sir Charles, dit le Colonel. Il est incapable de circuler en ville sans démolir quelque chose. Il dit que cela lui fait l'impression de revenir à la base sans avoir pu larguer ses bombes.

Il se tourna vers nous.

– À propos, nous avons besoin de pilotes. Ça ne vous dirait rien de remettre ça… hein ?

– Accepté ! hurlâmes-nous en levant nos verres. On remet ça ? À la santé du Groupe Lorraine.

Nous bûmes, nous chantâmes deux « Papa Jules » et trois « Grosse moustache de Dudule ».

– Quel est le bilan de la soirée, Gati ?

– Le Groupe a effectué quinze sorties, récita Gati-Gata qui, naturellement, paraissait déjà légèrement éméché. Nos pilotes ont abattu deux cyclistes : un sûr et un probable. Les dégâts sont insignifiants : le Fils a ramené une contravention.

– Et le Père, que devient-il ?

– Oh, il prépare toujours sa sortie de Polytechnique ; quant au Fils, il m'a raconté l'autre jour une histoire étrange. Vous connaissez tous le Fils et, bien entendu, il faut faire la part de l'exagération dans ce qu'il dit.

Bref, le Fils et son équipage avaient fait un vœu à la fin de la guerre. Ils s'étaient juré de prendre une cuite ensemble à Berlin, dix ans après l'Armistice. Le jour venu, ils s'y rendent en voiture. Cartes en mains, ils arrivent à l'emplacement de Berlin. Ils regardent : rien, des champs partout, pas une pierre. Le Fils commence déjà à insulter son navigateur lorsqu'ils aperçoivent au milieu des champs une vache et un jeune pâtre… Ils commencent à interroger le pâtre « Berlin ? Berlin ? » répètent-ils à qui mieux mieux.

Le pâtre réfléchit une minute, se gratte la tête et dit en anglais avec un fort accent russe : « Berlin ? Berlin ? Never heard of it ».

Quelqu'un poussa un sifflement admiratif.

— Ça, c'est fort, reconnut Monsieur Georges. Même pour le Fils !

— Le Fils et son équipage se découvrirent, observèrent une minute de silence, firent traire la vache et burent chacun un verre de lait à la santé de la ville rasée… Ils prononcèrent ensuite un grand discours au pâtre, sur la future Allemagne agricole et patriarcale dans laquelle, lui, pâtre paisible, avait un rôle éminent à jouer…

Mais brusquement, le pâtre s'écria : « Berlin, Berlin ? Que je suis bête ! » Il tendit la main :

« C'est le nom de la nouvelle ville que l'on va bâtir dans ces champs… Le Führer a posé aujourd'hui la première pierre ! »

— Le Führer ? bégaya quelqu'un, le Führer ?

Nous nous quittâmes en silence.

Bobosse : Ibos
Barbi : Barberon
Dodo : Patureau
Nicolas Wappi : Charbonneau
Le Père : Langer Marcel
Trois Pièces : Allégret

Grandes Feuilles : Sommer
Jeannot : Jean Edmond
Gati-Gata : Gatissou
Minôs : Minost
Le Fils : Langer Arnaud
Pierrette : Pierre Pierre
Sir Charles : Hennecart
M. Georges : Goychman
Sini : Sinibaldi

Texte paru dans *Icare*, n° 44, hiver 1967-1968, p. 200-202.

Sergent Gnama

En 1941, le Chari se jetait dans le lac Tchad. Je ne sais ce qu'il en est aujourd'hui. Le monde a tellement changé ! Tant d'espoirs se sont évanouis, tant de rêves ont mordu la poussière, tant d'amis ont trahi, que rien n'est plus sûr : le monde lui-même a peut-être changé de figure. Mais en 1941, l'espoir était vivant, les rêves ardents et purs, on connaissait le nom de ses amis, et le Chari se jetait dans le lac Tchad.

Ce jour du mois de janvier, nous étions sept hommes sur le fleuve. Les baleinières se traînaient au soleil. Les hippos sortaient leurs oreilles de l'eau et puis plongeaient, baudruches obèses. Les pélicans prenaient leur essor, battaient l'eau de leurs pattes avec un bruit de gifles, puis rentraient leur train et décollaient. Sur les rives, les caïmans ressemblaient à des troncs d'arbres morts. Les camarades dormaient dans la cabine. De Fort-Archambaud à Fort-Lamy, il fallait compter dix jours de baleinière et Dieu sait si nous étions pressés : nos Blenheims nous attendaient à Fort-Lamy et Koufra était toujours aux mains des Italiens.

– Écoutez, dit quelqu'un.

Un Nègre chantait, sur le pont. C'était une sorte de litanie à l'arabe, triste et désordonnée, comme leur prière le soir.

— Les mots sont français, dit Paul-Louis.

Je me levai et mis la tête dehors. Le boy de Paul-Louis était assis sur le pont. Il me tournait le dos. Accroupi, il écaillait un poisson « capitaine » avec application. Le soleil se couchait et je vis un moment sa tête noire et crépue juste au centre du disque rouge. Tout son corps tremblait légèrement, au rythme de la baleinière.

— C'est mon boy, murmura Paul-Louis en sortant la tête de l'ombre. Et il ne sait pas le français…

Voici pourtant ce que chantait un boy nègre de la tribu des Sahras, au milieu du Chari, en ce mois de janvier 1941, un boy nègre qui ne savait pas le français :

> *Nos mères pleurent sur la dalle*
> *Tous nos frères sont prisonniers*
> *La France entre des mains sales*
> *Mais nous sommes les justiciers…*

— Pince-moi, souffla Paul-Louis.

Je l'ai pincé. J'ai dû même le pincer très fort car il se mit à jurer pieusement à voix basse. Le boy chantait toujours. Les mots étaient difficiles à comprendre, déformés et comme enlisés dans la voix, mais il recommençait toujours sa chanson sans reprendre haleine, comme un disque fou, et on parvenait à repêcher les mots un à un, à grand'peine.

> *Les vengeurs et les sans trêve*
> *Les cruels, les sans-merci*
> *Nous n'avons tous qu'un seul rêve*
> *Que le crime soit puni…*

Ici, nous laissâmes passer une suite de sons doux et aigus qui firent soudain plonger les hippos et chas-

· sèrent les caïmans des rives. Puis nous retrouvâmes
le fil :

> *Alors par la Sacrée Porte*
> *Nous reviendrons le cœur fier...*
> *Sinon que le diable emporte*
> *Notre âme dans le désert...*

— Il y a un hiatus dans chaque vers, grinça derrière
nous un puriste.

> *Sinon que le chacal mange*
> *Nos os secs en ricanant.*
> *Mais pour vivre dans la fange*
> *Il faudrait être allemand...*

C'était fini. Je vis le boy se retourner et nous regarder avec une terreur d'enfant.

— Jean-Baptiste, appelai-je.

Le boy s'approcha. Il tenait dans sa main le « capitaine » écorché, et il avait l'air effrayé d'un voleur pris
en flagrant délit.

— D'où connais-tu cette chanson ?

— Il ne parle pas français, dit Paul-Louis, avec je ne
sais quelle tristesse.

— Il chante seulement, grinça quelqu'un.

Mon boy nous servit d'interprète. Oui, il avait
appris cette chanson chez un Français. Quel Français ? Un Français. Tous les Français sont pareils. Il
ne fait pas de différence entre les Français.

— Il ferait plaisir au grand Charles, grinça
quelqu'un, toujours le même.

Où avait-il connu ce Français ? À Bangui. Que
faisait-il ? Il chantait. Et lorsqu'il ne chantait pas ?

Il chantait toujours. Mais encore ? Quelquefois, lors-qu'il ne chantait pas, il dormait.

— Un administrateur de colonie, devina quelqu'un, toujours le même.

— Ils ne chantent jamais, observa Paul-Louis.

Où était jusqu'à présent son maître ? Dans le ciel. Mort ? Non, pas mort, seulement parti dans le ciel. C'était donc un aviateur ? Oui, c'est ça, c'était un... enfin, comme vous dites. Et comment s'appelait-il ? Sergent Gnama.

— Ça veut dire animal...

Les hippos sortaient de l'eau leurs oreilles de chat et reniflaient bruyamment. Le soleil était tombé dans la jungle et la nuit venait rapidement comme on plonge. Sergent Gnama, je ne sais où est aujourd'hui votre piste, dans quel ciel vous avez vaincu ou sur quelle terre vous êtes mort, mais je veux que votre pays sache ce que chantait votre boy nègre de l'Oubangui en cette année 1941. C'était une année terrible, mais sûre... Je me souviens très bien : le Chari se jetait alors dans le lac Tchad.

Récit paru dans *Le Bulletin de l'Association des Français libres*, janvier 1946, p. 11-13.

Une petite femme

Oui, monsieur. C'était une toute petite femme. Blonde, frêle, maquillée, elle se promenait dans la brousse en fumant des cigarettes américaines et, au début, nul au monde ne l'aurait empêchée de changer de robe deux fois par jour. Nous nous trouvions alors engagés en pleine forêt vierge, avec quatre cents kilomètres de voie ferrée entièrement achevés derrière nous. Pour quelqu'un qui arrive fraîchement du vieux pays, quatre cents kilomètres, ça n'a l'air de rien. Une paille ! Mais si vous pouviez seulement vous douter de ce que ça représente, arracher une distance pareille à la brousse ! L'ingénieur qui avait mené à bien cette tâche venait d'être évacué en hâte sur Saïgon, avec une de ces sales fièvres qui finissent par avoir raison, sous le tropique, de l'organisme le plus résistant. Nous attendions son successeur avec impatience. Il arriva : c'était un garçon débordant de jeunesse, ce qui ne l'empêchait pas de connaître à fond son métier. Il s'appelait Lacombe. Depuis des années, je n'avais vu quelqu'un d'aussi sain et d'aussi heureux. Il plaisantait avec moi, avec mes hommes, avec les indigènes employés sur la voie et c'est tout juste s'il ne fit pas de grâces à l'araignée venimeuse qu'il trouva dans son lit un soir, en allant se coucher. Patience, pensais-je, ça lui passera. Rien de tel, contre la bonne humeur, que la forêt de l'Annam. J'en ai fait moi-même la triste expérience.

Et, en effet, quelque temps après, ça lui avait passé.
Il riait de moins en moins et finit par ne plus rire du
tout. Il perdit le sommeil et passait ses nuits à veiller,
debout, devant sa tente : je voyais dans le noir, le point
rouge de sa cigarette. Il faut reconnaître, cependant,
qu'il travaillait dur. Du matin au soir, il se traînait dans
la pourriture, la carte à la main, pour essayer de tirer
à la forêt quelques malheureux mètres de voie ferrée.
Et le temps pressait, il fallait avancer le plus loin possible avant les pluies qui allaient interrompre les travaux pour des mois. Tout cela n'était pas précisément
pour lui faire voir le monde en rose, pensai-je. Mais je
me trompais. Ce n'étaient pas du tout ces soucis-là qui
lui donnaient le cafard. Un soir, il se précipita sous ma
tente, en hurlant de joie.

— Elle va arriver, Fabiani ! me cria-t-il. Elle va arriver !

Et il agitait sous mon nez l'enveloppe que la locomo-
tive venait de lui apporter de Saïgon.

— Qui ça ? interrogeai-je.

— Ma femme, mon vieux. Simone ! Elle s'est embar-
quée. Tu vas voir, c'est une femme épatante. Et cou-
rageuse… Tu l'aimeras bien, j'en suis sûr. On ne peut
pas ne pas l'aimer !

Et c'est ainsi que la petite femme nous arriva avec
un nombre prodigieux de malles et un pékinois. Car
elle avait emporté son pékinois avec elle ! Lacombe
me présenta.

— Sergent Fabiani, mon seul ami ici.

Je lui ai serré la main. C'était la première fois
depuis des années que je serrais une main aussi minuscule et aussi blanche.

— Très heureuse, sergent, de vous connaître, fit-
elle. Mon mari me parlait souvent de vous dans ses

lettres. Et je constate que vous avez vraiment une tête très sympathique !

Vous pouvez ne pas me croire, monsieur, mais je rougis. Lacombe le remarqua aussitôt.

— Regarde, Simone, il a rougi. C'est incroyable !

— Je pense que nous ferons une paire d'amis, sergent. Vous allez voir, je suis une bonne fille. Tenez, je vous donne Nini pour la journée. C'est une marque de confiance !

Et elle m'a mis le pékinois dans la main ! J'ai dû le garder toute la journée pour ne pas la vexer. Je crois, pourtant, qu'elle l'avait fait exprès, pour me ridiculiser aux yeux de mes hommes. Elle y a admirablement réussi. Je dois vous dire que j'ai considéré sa venue parmi nous d'un fort mauvais œil. Une femme, dans la brousse, c'est toujours un embarras. Celle-là surtout ! Toutes les folies qui lui passaient par la tête, elle les mettait aussitôt à exécution. Elle avait apporté avec elle un phono et une malle de disques et elle faisait de la musique toute la journée. C'étaient des airs de danse, un tintamarre insupportable et qui me fait horreur. Mes pauvres oreilles n'en pouvaient plus. Je fuyais le camp et m'enfonçais dans la brousse pour ne pas entendre. Mais la musique ne lui suffisait pas. Une fois, elle entra sous ma tente, à l'heure où je faisais la sieste.

— Je m'excuse de vous déranger, sergent, me dit-elle. Voulez-vous me rendre un service !

— Certainement, madame. De quoi s'agit-il ?

— Voilà. Je vous demande d'accorder à vos hommes la permission de venir aux petites sauteries que je compte organiser désormais chaque dimanche.

Je ne m'étonne pas facilement. Mais j'en suis resté bouche bée cinq bonnes minutes au moins !

— Alors, c'est accordé ? Sergent, vous êtes un ange. Et Jean qui prétendait que vous ne voudriez jamais !

Et elle s'en fut : je n'ai pas eu le temps de placer un
mot. Des petites sauteries au cœur de la forêt vierge !
Vous avez déjà entendu une chose pareille ? Moi pas.
Nous nous trouvions bien au-delà de la région soumise et quand je dis soumise, j'emploie un mot cher
aux ronds-de-cuir de l'administration et qui ne veut
pas dire grand-chose. De plus, il y avait, de l'autre
côté du fleuve, une tribu de Moïs qui n'était pas là
pour veiller sur notre sécurité. La voie devait passer
par leur village : c'est vous dire que la besogne promet-
tait d'être rude et que ce n'était pas, pour les hommes,
le moment de s'adonner aux frivolités. Eh bien ! rien
n'y a fait. Elle les a eues, ses petites sauteries. Et je
devais y assister en personne, chaque dimanche ; elle
a voulu même m'apprendre à danser ! Vous voyez ça,
un vieux soldat comme moi, faisant le singe devant
quarante gaillards placés sous ses ordres ! Et ce n'était
pas tout, loin de là. Elle s'obstinait, malgré nos suppli-
cations, à sortir du camp et à se promener, seule, dans
la jungle. Lorsque je lui faisais remarquer qu'il y avait
à côté une tribu de sauvages, elle me riait au nez et me
montrait son revolver, un gros Colt, qu'elle portait à
la ceinture. Je me suis souvent demandé à quoi cela
pouvait lui servir ! Elle était incapable de tenir seulement un poids pareil au bout du bras.

— Soyez sans crainte, sergent, je suis armée !

Et elle faisait une grimace qui voulait être terrible.

— Il n'y a pas que les sauvages, insistais-je. Il y a
aussi la brousse et toutes les sales bêtes qui peuvent
vous sauter dessus en moins de temps qu'il ne faut
pour le dire.

— Si vous les laissez tranquilles, les bêtes ne vous
attaquent jamais. Tous les manuels de géographie
sont d'accord là-dessus !

– Ce ne sont pas vos manuels de géographie qui vous empêcheront de vous égarer !

– Bah ! sergent. Vous me retrouverez toujours. N'est-ce pas ?

Et elle s'en allait comme ça, dans la brousse, son pékinois sous le bras. Et le plus fort, c'est qu'il ne lui arrivait rien. Elle retrouvait chaque fois son chemin, du diable si je sais comment, et revenait tranquillement dans le camp : on aurait dit qu'elle venait de faire un petit tour sur les boulevards. Le soir, elle mettait en marche son phono et j'entendais, de ma tente, les hurlements des fauves, dans les ténèbres et une chansonnette légère, enlevée avec brio par le jeune premier en vogue à Paris. Je n'étais pas le seul à écouter. Mes hommes écoutaient aussi, assis autour du feu. Sans rien faire pour cela de particulier, elle leur avait tourné la tête à tous. Car elle était extrêmement jolie, avec sa petite gueule de rien du tout, son nez toujours plissé et son regard clair. Bien entendu, j'ai été le dernier à m'en apercevoir. Il a fallu une rixe violente entre deux de mes bougres pour m'ouvrir les yeux. Je suis allé la trouver immédiatement et je lui ai raconté la chose. Alors, savez-vous ce qu'elle a fait ? Elle a pleuré. Et elle avait une façon si touchante de s'essuyer les yeux dans les poings, que je faillis en pleurer aussi, moi, le sergent-chef Fabiani !

– Amenez-moi ces deux voyous, me dit-elle.

Je les ai amenés. C'étaient deux gars pas méchants pour un sou et dont, jusqu'alors, je n'avais guère eu à me plaindre.

– Si jamais il vous arrive encore de vous battre à cause de moi, leur cria-t-elle à travers les larmes, je pars immédiatement, vous m'entendez ?

Elle le disait avec assurance, comme s'il y avait, dehors, un train prêt à l'emmener. Les deux hommes se taisaient, baissant la tête.

— Allons, embrassez-vous !…

Et ils se sont embrassés ! Je n'ai jamais vu et je ne verrai sans doute jamais rien de plus drôle que ces deux gros veaux en train de se donner de petits bécots sur les joues !

— Vous voyez, sergent, ça s'est arrangé, me dit-elle. Ça s'arrange toujours !

Elle m'offrit une cigarette américaine et fit tourner sur le phono son disque préféré. C'était une chanson dont je ne sais plus le titre, mais ça commençait par :

Paris, je t'aime, je t'aime, je t'aime…

Bon, voilà que je chante, à présent. Excusez-moi, monsieur. Mais l'air est resté gravé dans ma mémoire. Elle supportait le climat à merveille, mieux que nous tous. Son plus grand chagrin eut pour cause la mort de son pékinois ; il avait essayé de jouer avec un serpent. Mais les serpents sont d'humeur plutôt acerbe et les plaisanteries, même les meilleures, sont perdues pour eux ; le pékinois paya de sa vie son besoin de société. On a dû interrompre les travaux pour permettre à tout le monde d'assister à l'enterrement. Ce fut un bel enterrement ! De tous les hommes que j'ai vus mourir sous le tropique, aucun n'avait eu un enterrement pareil. Mais le pire, dans sa présence, c'était qu'elle empêchait son mari de travailler sérieusement. Elle l'accaparait sous mille prétextes. Lacombe, bien que consciencieux, se défendait mal et c'était toujours moi qui devais jouer les trouble-fête.

— Madame, je suis navré, mais on a besoin de votre mari. Monsieur Lacombe, on vous attend pour la roche. Les indigènes ont peur de commencer sans vous. Ils craignent un éboulement.

— Qu'ils attendent ! me répondait-elle. Pourquoi, sergent, venez-vous toujours me prendre mon Jean ?

— Je n'y puis rien, madame, nous sommes pressés. La saison sèche est sur le point de finir. Il nous faut franchir le fleuve avant les pluies et nous en sommes encore loin.

— Sergent, vous êtes une brute. Qu'est-ce que ça peut bien vous faire, de franchir le fleuve avant les pluies ou après ?

C'était pourtant capital ! Les pluies signifiaient la fin des travaux : impossible de poser les rails sur les marécages. Le sol devait être renforcé un peu partout et ce n'était pas une chose à faire sous les averses. Et surtout, il y avait le pont. Il devait être jeté par-dessus le fleuve, large, en cet endroit, de soixante mètres. L'entreprise n'était pas déjà commode en elle-même et le fleuve avait la violence d'un torrent. Pendant les pluies, il sortait de son lit et emportait tout. J'essayais d'expliquer cela à la petite femme, mais c'était peine perdue. Elle me disait que le pont était le dernier de ses soucis, qu'elle se moquait pas mal du fleuve, de la ligne et de mes observations et qu'elle n'était pas venue ici de Paris pour rester seule sous sa tente, mais pour être avec son Jean. Son Jean, c'était tout ce qui l'intéressait. Finalement, lorsque nous atteignîmes le fleuve, les pluies avaient commencé. Jusque-là, je n'avais jamais travaillé sous les averses et je ne me doutais que vaguement de ce que ça représentait comme agrément. Je fus vite renseigné et plus que je ne l'aurais souhaité. Nous nous traînions dans la boue, dans une espèce de vapeur tiède qui s'élevait du sol et qui nous donnait l'impression de vivre dans un nuage. Autour de nous, tout était mou, collant, gluant. Les rails, à peine posés, s'enfonçaient dans la glaise et il fallait les retirer pour les poser à nouveau et pour les voir s'enfoncer une fois encore. Tout était toujours à recommencer. Le fleuve grossissait de jour en jour. Nous finîmes tout de même par lancer un pont provisoire et fûmes les premiers étonnés de le voir tenir ; il est vrai que deux hommes à la fois ne le franchissaient qu'avec peine. Lacombe faisait ce qu'il pouvait, mais il ne pouvait pas grand-chose. Il fallait le voir se démener dans la pluie, avec ses cartes, rendues à peu près illisibles par l'eau. Car la pluie pénétrait partout. Elle rouillait les armes, faussait les instruments et coulait sur nos corps même pendant notre sommeil. La moitié des hommes avaient la fièvre. On leur avait promis le retour avant la mauvaise saison et ils commençaient à se plaindre. Quant à la petite femme, elle se portait à merveille et son teint était aussi pur que le jour de son arrivée.

— Vous voyez, sergent, tout va bien. Vous l'aurez, votre pont !

Je n'en étais pas tellement sûr.

— Avec cette pluie, on ne sait jamais.

— Excellente, cette pluie. Rien de tel pour vous rafraîchir les idées !

Et elle quittait la tente en riant, sans casque. Lacombe décida de s'installer sur la rive opposée ; il était impossible d'aller et venir sans cesse sur le pont fragile. Le village des Moïs était maintenant tout proche et, comme vous le pensez bien, je n'étais pas du tout rassuré par ce voisinage. Je fis remarquer à Lacombe le danger qu'il courait, mais il ne voulut rien savoir.

— J'ai tout le temps des calculs à faire de ce côté du fleuve et il ne peut être question de franchir chaque fois le pont.

Je décidai alors de diviser le camp en deux. Une moitié demeurait sur place, avec, pour mission, de surveiller les indigènes employés à la voie : les pluies avaient multiplié les désertions. L'autre moitié s'installa sur la rive opposée, afin de veiller sur la sécurité de Lacombe et de la petite femme. Il fallut construire des baraques : impossible de loger sous les tentes, pendant les averses. Les travaux devenaient de plus en plus ardus : le pont se rompit deux fois et nos canots furent emportés par le fleuve.

— Sergent, me dit un jour la petite femme, je commence à en avoir assez. Ça ne va plus !

— Vous êtes souffrante ?

Elle avait pourtant une mine superbe.

— Non, mais je m'ennuie. Vos fameux Moïs se tiennent comme des colombes…

— Tant mieux pour nous !

— Le pays manque de distractions. De plus, mes cigarettes tirent à leur fin, il ne me reste qu'un bâton de rouge et je connais tous mes disques par cœur…

C'est malheureux à dire, mais je les connaissais par cœur, moi aussi. Son phono ne se taisait jamais.

— Alors, sergent, je voulais vous demander un service.

— Un service ? m'effrayai-je.

— Oh ! presque rien. Vous allez demain chez les Moïs. Inutile de nier : c'est Jean qui me l'a dit. Emmenez-moi, sergent. Je meurs d'envie de les voir !

J'avais beau protester, supplier, c'était comme si je parlais à un mur. Elle voulait voir les Moïs, donc, elle allait les voir, un point, c'était tout.

— Si vous ne m'emmenez pas avec vous, j'irai toute seule !

Elle en était parfaitement capable. Le village n'était qu'à un kilomètre du fleuve et il était facile à la petite femme d'échapper à notre surveillance. Mieux valait encore l'emmener avec nous. Je n'ai pas pris cette décision tout seul. Dieu sait si j'ai la conscience tranquille et si je ne suis responsable en aucune façon de ce qui s'ensuivit ! Je consultai Lacombe. Il s'efforçait de lui faire abandonner le projet, mais il n'eut guère plus de succès que moi.

— Je verrai les Moïs avant de quitter le pays. D'une façon ou d'une autre. Tu m'entends, Jean ? J'aime mieux que tu sois prévenu.

— Allons, Fabiani, emmenez-la. Et surtout, Simone, pas de bêtises !

Le lendemain, elle partait avec nous. J'avais vingt hommes bien armés avec moi et je n'avais pas d'attaque à craindre. D'ailleurs, j'étais déjà venu deux fois au village et il n'y eut aucun incident. Mais cette fois, j'étais inquiet. Je ne redoutais rien de précis mais je redoutais quelque chose. Vous pouvez en rire, mais moi, je crois aux pressentiments… En tout cas, lorsque nous débouchâmes sur la place du village, il n'y avait rien de suspect. Les Moïs se tenaient un peu partout, en groupes, devant leurs cases et nous regardaient avec plus de curiosité, semblait-il, que de méfiance. Ils étaient peu nombreux, mais une bonne partie devait se terrer dans la forêt et nous épiait certainement à travers les broussailles.

— C'est ça, vos fameux Moïs ? murmura la petite femme. Franchement, je suis déçue !

Je l'ai confiée à mes hommes, et me dirigeai vers la case du chef, avec Thou, l'interprète. J'entrai. Une demi-obscurité grise régnait à l'intérieur et d'abord, je ne vis rien. Je ne sentis qu'une odeur âcre de sueur, de bête, une odeur de ménagerie. Je découvris ensuite la silhouette du chef. Il était assis par terre, immobile, devant moi. Je l'avais déjà vu deux fois, mais jamais dans cette immobilité parfaite de statue. Mes yeux, peu à peu, s'habituèrent à la pénombre. Je distinguai son visage, les détails de son corps : un corps maigre et sec de vieillard, un visage osseux, farouche, malgré l'âge, avec, aux coins des lèvres, deux dents qui pointaient. Sur ses joues, sur sa poitrine, des plaques blanches et enflées… Il ne bougeait pas. Jusqu'à ma mort, je me souviendrai de cette immobilité de pierre, de ces dents qui avançaient, sous la lèvre et surtout, surtout, de ces plaques blanches d'une ignoble maladie de la peau. Il attendait, se taisant toujours. Je décidai de parler le premier et me tournai vers l'interprète.

— Toi dire grand chef, moi et lui, bons amis. Toi dire, moi lui apporter cadeaux…

En sortant de la case, je vis que mes hommes n'avaient pas bougé et que la petite femme était parmi eux. Je m'approchai. Elle était toute pâle. Des larmes brillaient dans ses yeux.

— Qu'y a-t-il ? Il s'est passé quelque chose ?

— Oh ! non… Quand je vous disais que vos Moïs étaient doux comme des agneaux !

Mais sa voix tremblait légèrement. De nouveau, l'inquiétude me saisit. Pourtant, tout était en ordre. La petite femme était là. Il ne s'était rien passé. Et nous étions vingt hommes prêts à tirer au premier mouvement suspect des Moïs.

— On part.

Nous retournâmes au camp. La pluie avait repris avec une violence accrue et nous étions trempés et transis. Je renvoyai les hommes dans leur baraque : elle était située à deux cents mètres environ en amont de la cabane où nous logions, Lacombe, la petite femme et moi-même. Tout s'était donc bien passé, mais je n'arrivais pas à me débarrasser de mon malaise. Allons, bon, pensai-je, je vais avoir un accès de fièvre. Mais je ne l'ai pas eu. Et je voyais toujours devant moi le corps horrible du vieux chef, son masque figé et menaçant. Le soir, nous étions assis tous les trois dans la cabane. La pluie criait sur le toit. Au-dessus, le vent faisait craquer les branches. La forêt nous envoyait les cris perçants des bêtes. Lacombe avait allumé sa lampe et travaillait, penché sur les plans. La petite femme faisait marcher le phono. C'était toujours le même air, son air favori : *Paris je t'aime, je t'aime, je t'aime…* Et cela continuait sur ce ton. La voix du jeune premier était maintenant éraillée, grinçante, le séjour dans la brousse ne lui avait pas réussi.

— Paris, murmura la petite femme, Paris…

Elle mordillait nerveusement le bout de sa cigarette. C'était la première fois que je la voyais ainsi, triste et inquiète.

— Jean, quand partons-nous ?

— Ma foi, mon petit, c'est difficile à dire. Nous sommes tellement en retard sur nos…

Un craquement assourdissant lui coupa la parole. Je l'ai reconnu aussitôt : je l'avais déjà entendu deux fois. D'un bond, Lacombe fut debout.

— Le pont !

Il s'élança, disparut dans les ténèbres.

— Sergent ! Qu'est-ce que c'est ?

La petite femme se serrait contre moi, toute pâle.

— N'ayez pas peur…

Un éclat soudain de voix, des coups de feu… Un instant de silence. Puis le plus atroce hurlement que j'aie jamais entendu s'éleva dans la nuit. C'était un ricanement, un ricanement interminable, repris en chœur par des centaines de voix.

— Mon Jean ! J'ai peur !

Son visage était devant moi, défait et livide. Des larmes glissaient lentement sur chaque joue. Je n'ai pas eu le temps de les essuyer. La porte s'ouvrit d'un seul coup et deux hommes sautèrent vers moi. J'avais déjà levé mon revolver et j'allais tirer, lorsque je reconnus Danjard et Larique. Ils faisaient partie du détachement que j'avais placé dans la baraque voisine. Un bras de Danjard pendait, inerte. La main saignait. Des gouttes rouges tombaient sur le plancher. Le vent et la pluie entraient par la porte ouverte… Je l'ai fermée, poussant le verrou.

— Larique ! Parle !

— Les Moïs…

— Parle !

— Attaqué, le poste… N'avons pas eu le temps de nous défendre. Danjard, blessé au bras…

— Et les autres ? Les autres ! Ceux de l'autre rive ! Ils ont pourtant entendu ! Parle, bon Dieu !

— Pont coupé…

Il s'effondra, épuisé, sur une chaise. Brusquement, dehors, les voix se turent. Mais le silence qui suivit fut pire que les hurlements. Il était plus proche de nous, plus menaçant.

— Mitrailleuse ?

— De toutes les façons, savent pas s'en servir. Mais les carabines…

Le silence, dehors, dans la nuit. Les Moïs venaient-ils sur nous ? Impossible de savoir.

— Éteignez la lampe. Prenez les fusils, dans le coin.

Maintenant, tout était noir.

— Sergent…

C'était la voix de la petite femme.

— Je peux… je peux allumer une cigarette ?

— Oui.

De nouveau, le silence. Je pensais aux autres, là-bas, de l'autre côté du fleuve. Avaient-ils entendu ? Mais le pont était coupé. Et pas de canots ! L'image du vieux chef revint à mon esprit. Son masque bestial, sa peau immonde. Pourquoi les Moïs ne tiraient-ils pas ? Qu'attendaient-ils pour nous envahir ?

— Danjard !

– Chef ?

– Il y a des morts ?

– Je ne sais pas, chef. Je ne pense pas. Les Moïs n'aiment pas tuer vite. Ils préfèrent la torture.

Oubliait-il la présence de la petite femme ? Elle se taisait. Je ne voyais d'elle, dans le noir, que la tache rouge de sa cigarette. Elle se tenait près de la porte. Il y avait deux portes ; une en avant, une autre en arrière, donnant sur le fleuve.

– Vous avez peur ?

– Non.

Mais la voix la trahissait.

– Je pense seulement à Jean. Et aux autres... C'est vrai, ce qu'il vient de dire ?

– Pensez-vous !

Un grattement, devant, à la porte.

– Qui est là ?

Pas de réponse. Seuls, la pluie sur le toit et les cris déchirants mais brefs de la forêt. Un grattement, encore.

– Qui est là ? Répondez !

– Moi être Thou.

L'interprète... J'ouvris la porte. Une forme humaine se glissa à l'intérieur.

– Moi être envoyé grand chef...

La voix s'étranglait de peur. Sans doute s'attendait-il à recevoir une balle. Je ne le voyais pas. Mais ma main serrait son épaule et cette épaule tremblait violemment.

– Grand chef dire, lui pas tuer prisonniers...

Prisonniers ? Il y avait de l'espoir.

– Grand chef laisser partir tous. Lui prendre seulement...

– Quoi ? Qui ?

— La femme.

Pas un bruit dans la cabane. Le petit point rouge n'avait pas bougé. Dans ma main, l'épaule nue tremblait toujours : malgré lui, l'homme avouait sa crainte.

— Toi dire grand chef rien à faire.

Partira-t-il ? L'épaule n'essayait pas de fuir.

— Elle avoir tué femme grand chef.

— Quoi ?

— Vous décider vite, très vite. Autrement, grand chef torturer otages.

Cette fois, le point rouge avait tressailli. L'épaule nue essaya de se libérer de mon étreinte. Laisser aller ?

— Moi revenir.

J'ouvris la porte. L'ombre se glissa dehors. La pluie, sur le toit, continuait sans répit son clapotis monotone.

— Sergent…

— Oui ! Vous avez compris quelque chose à cette histoire ? De quoi vous accusent-ils ?

Le point rouge s'approcha. À présent, la petite femme était tout contre moi.

— Sergent, j'ai un aveu à vous faire. Ce matin, dans le village… Pendant que vous étiez chez le chef…

— Eh bien ?

— Je voulus voir l'intérieur d'une case. Je tombai sur une femme en train de mourir. De vieilles sorcières l'entouraient. Maintenant, je sais que c'était la femme du chef.

— Alors ?

— Alors, comme elle souffrait cruellement, je lui ai donné un calmant. Je porte toujours les cachets sur moi. Mais elle n'a pas eu le temps de l'avaler. Elle se raidit tout entière et expira sous mes yeux…

Un silence. Lorsqu'elle parlait, je sentais son souffle sur ma figure.

– Les vieilles m'ont poussée dehors, en me griffant. Elles ont dû raconter au chef que j'ai empoisonné sa femme.

Un silence encore.

– C'est affreux !

– Ne pleurez pas, voyons.

– Je ne pleure pas. Mon pauvre Jean ! Ils vont le torturer. Lui et les autres. Sergent…

– Oui ?

– Est-ce que les deux hommes qui se sont battus à cause de moi sont parmi eux ?

– Je ne sais pas. Oui.

Le point rouge s'éloigna. Une main se posa sur mon épaule.

– Il n'y a rien à boire ici, chef ?

Je reconnus la voix de Danjard.

– Je tiens à peine debout !

– Ouvre le coffre. Sous le mur. Il y a des bouteilles…

Combien de temps passais-je ainsi, dans le noir, l'oreille collée à la porte ? Je ne saurais vous le dire. Un quart d'heure, une heure. Peut-être davantage. Je n'entendais toujours que les craquements des branches, la pluie sur le toit ; les bruissements de la forêt. Mes nerfs étaient à bout. Je ne résistais plus à l'angoisse. J'étais prêt à m'élancer, à me ruer dans les ténèbres. C'est alors que j'entendis ce grattement. D'un geste, j'ouvris la porte. La pluie me sauta au visage…

– Grand chef dire, lui commencer tor…

Je ne lui ai pas laissé le temps d'achever le mot. Levant mon revolver, je tirai une fois, une fois, une autre encore. À ce moment précis, les hurlements s'élevèrent, de nouveau, dans la nuit. Mais ce n'était pas le même chœur infernal que tout à l'heure. C'étaient des voix isolées, des chants aigus et discordants, de sauvages cris de joie. Et ils s'éloignaient rapidement, se perdaient dans le lointain. Je demeurais sans bouger, le revolver pendant au bout du bras. Les voix s'éloignèrent encore, s'étouffèrent. Ce fut le silence. Je fis un pas en avant et faillis m'étendre sur le corps de l'interprète. Il gisait à mes pieds, tordu en deux. J'essayai de penser. Les Moïs avaient fui. Avaient-ils exécuté les otages ? Non ! j'aurais entendu des gémissements, des plaintes. Et pourquoi ce triomphe, cette explosion barbare de joie ? Je rentrai dans la case.

— Ils sont partis…

Alors, brusquement, un soupçon atroce s'empara de moi. Je sautai en avant, dans l'obscurité, les bras tendus, tâtonnants…

— Simone, où êtes-vous ? Répondez-moi ! Simone !

Mes mains tremblantes rencontrèrent la lampe. J'allumai. Danjard était assis sur une chaise. Larique se tenait debout, le dos contre le mur. La petite femme n'était pas là. La porte qui donnait sur le fleuve était ouverte et le vent la faisait grincer sur ses gonds. Je courus dehors, hurlant toujours, à peine conscient de ce que je faisais… Arrivé près de la baraque, je trébuchai sur un corps. C'était Lacombe. Je coupai ses liens.

— Simone ?

Je ne répondis rien et m'enfuis dans la brousse. Les griffes de la forêt me labouraient le corps, mais je ne sentais pas la douleur. La pluie m'inondait, mais je ne le savais pas. J'ai erré longuement, hagard, dans les ténèbres et me retrouvai au camp, je ne sais par quel miracle. La première chose que je vis, ce fut la lumière de notre cabane. Puis j'entendis le nasillement du phonographe.

Paris, je t'aime, je t'aime, je t'aime…

Larique et Danjard étaient affaissés sur leurs chaises, complètement ivres.

– Lacombe ? Où est Lacombe ?

Danjard essaya vaguement de se lever.

– Il est venu ici tout à l'heure, chef. Il cherchait sa petite femme.

Je m'accrochai à la table, de toutes mes forces, pour ne pas tomber.

– Tu… tu as dit ?

– Ben oui, chef, j'ai dit. J'ai dit que la petite femme était partie, pour le sauver, lui et les copains. Que les Moïs l'ont prise. Et que c'est pour ça que j'étais saoul, comme un porc…

Il s'interrompit, hocha la tête.

– Alors ? murmurai-je.

– Alors, chef, il m'a arraché mon revolver et…

Un coup de feu claqua, dehors. Les deux hommes sursautèrent. Le phono s'étrangla, dans un dernier glapissement tragique.

Nouvelle parue dans *Gringoire*, 24 mai 1935, p. 13.

Le Grec

I

Il ne restait jamais sur la même île plus d'un mois ou deux, juste le temps de se familiariser avec l'endroit, sans laisser aux gens du coin le temps de trop bien le connaître. Toutes les fois qu'un imbécile lui demandait « Tu fais quoi dans la vie, le môme ? », il savait qu'il était temps de déguerpir, et sans traîner. C'est une drôle de question, d'ailleurs, tu fais quoi dans la vie ? Vous l'a-t-on déjà posée ? C'est une question qui vous donne la réelle impression que le seul fait de vivre ne suffit pas ; elle met la vie en minorité, si l'on peut dire, elle la relègue au deuxième rang, comme si ce n'était pas assez d'être vivant, comme s'il fallait encore payer un tribut. « J'ai une tante là-bas, en Californie », avait-il coutume de répondre, et c'était vrai en plus, sauf qu'elle avait maintenant soixante-quinze ans et qu'elle n'avait qu'une petite retraite pour vivre, alors une ou deux fois par an, il lui expédiait une jolie petite somme, lui qui aimait les nageurs de fond, soixante-quinze ans, ce n'était pas mal du tout, il espérait bien qu'elle tiendrait toute la distance, ça oui, qu'elle irait jusqu'à cent ans. Son plus beau coup, il l'avait fait dans la villa d'un Anglais, à Skiatos, là-haut dans le Nord, M. Dronner lui avait dit que c'était la plus belle petite collection d'antiquités sumériennes existant où que ce fût en dehors du musée du Louvre. Il avait posé sur lui un regard lourd de tristesse et de signification, en ajoutant de cette voix d'enterrement que Billy était parvenu à si bien connaître : « Bien entendu, elle est presque impossible à vendre. » Après quoi, il lui donna deux mille dollars et Billy sut qu'il était en train de se faire gruger. Seulement il faut être quelqu'un de distingué, de bien introduit, un homme du monde possédant les meilleurs contacts pour pouvoir vendre des trésors archéologiques connus des experts du monde entier. M. Dronner était en relation avec tous les milliardaires brésiliens, tous les potentats des Émirats Arabes Unis, tous les amateurs d'art japonais, tous les banquiers de Hong Kong, ayant les moyens de s'offrir des œuvres d'art qu'ils ne pourraient pas revendre. C'étaient de véritables amoureux des belles choses, de ce qu'il est convenu d'appeler l'art pour l'art. M. Nicholas Arthur Maldomour Dronner était une personne extrêmement distinguée, le type d'Anglais qui est l'équivalent le plus proche de ce « mystérieux Oriental » dont il est toujours question dans les livres. Il vivait à Athènes, dans une demeure en marbre, dont la terrasse dominait l'Acropole, et il sillonnait la mer Égée à bord d'un yacht noir baptisé *Narcisse*. Un yacht encore plus grand et plus luxueux que la célèbre *Créole* de Niarchos, si bien qu'il aurait fallu être vraiment marteau pour lui demander à lui « Vous faites quoi dans la vie ? » Il approchait de la soixantaine et, avec sa tête emmanchée d'un long cou, il donnait toujours l'impression d'avoir perdu sa carapace de tortue. Ce qu'il y avait de plus remarquable chez lui, toutefois, c'était son sourire. Il avait quelque chose d'absolument éternel et de tous les hommes que Billy avait rencontrés, M. Dronner était le seul qui parût se composer exclusivement d'un sourire. Même quand il parlait, son sourire était inamovible et Billy, qui commençait désormais à s'y connaître passablement en matière d'archéologie, de sépultures royales et de Dieu, se disait souvent que ce même sourire sur les lèvres d'une statue aurait valu une véritable fortune. Ce qui s'en rapprochait le plus, dans tout ce qu'il avait vu, c'était le Bouddha du XVIIᵉ siècle – déjà atteint par la décadence, lui assurait M. Dronner – qui se trouvait dans la demeure du colonel Houston-Fawler à Spetsai. En outre, l'Anglais avait une façon de vous parler des siècles passés et notamment de l'époque pré-chrétienne, qui donnait l'impression qu'il vous racontait sa propre histoire ; à croire qu'il s'était trouvé là en personne quand Toutankhamon suçait encore son pouce ou qu'Hélène de Troie enroulait ce collier autour de son cou. Et peut-être y était-il, d'ailleurs. Qui saurait le dire ? Mythologique, voilà ce qu'il était et, de toute façon, si un homme est capable de survivre à cinquante siècles d'histoire, il ne peut s'agir que d'un escroc et pas d'autre chose. Or, escroc, M. Dronner l'était à coup sûr, le plus grand escroc imaginable, jamais pris la main dans le sac, c'est ce qu'on appelle l'authenticité. Il avait l'espèce de nez recourbé, arrogant, aux narines excessivement dilatées, qu'on aurait comparé à un bec de vautour chez un être de moindre qualité et plus ordinaire, mais que l'on trouvait chez lui « aristocratique ». Ses yeux étaient remarquablement bleus, très placides, et son visage avait cet air détendu d'un homme en paix avec lui-même et avec le monde, parce qu'il n'a jamais laissé passer la moindre bonne occasion. Billy était facilement impressionnable, certes, mais il savait reconnaître le travail bien fait et l'image offerte par M. Nicholas Arthur Maldomour Dronner était, à n'en pas douter, pleinement réussie. Car il était difficile d'imaginer qu'il s'agissait d'un simple accident d'hérédité et de naissance : le salopard l'avait entièrement fabriquée lui-même, chaque trait du visage, le sourire, les gestes lents, le physique intemporel et la voix, extraordinaire et communicative, tout avait été délibérément étudié, réglé et accompli. Sa femme, veuve en premières noces d'un général allemand pendu pour la part qu'il avait prise à la tentative d'assassinat contre Hitler en 1944, avait une vingtaine d'années de moins que lui, mais elle aussi était tout à fait remarquable, à sa façon. Elle avait un visage d'une certaine beauté et, bien qu'elle fut sûrement quadragénaire, un corps mince et musclé, plein de promesses. Le plus extraordinaire chez elle, c'était d'être parvenue à attraper le sourire de son mari, si bien qu'ils donnaient l'impression, tous les deux, de partager on ne sait quel secret infiniment satisfaisant, une espèce de savoir, l'impression d'être en contact personnel non seulement avec « le gratin de la bonne société », mais avec les mystères intérieurs de la vie et de la mort. Elle avait toujours autour d'elle un assortiment de caniches, ainsi qu'une petite chienne bâtarde noire et jaune, plus très jeune et tout à fait vulgaire, qui portait les traces de plus d'une bataille, en sorte qu'on se demandait ce que cette fille des rues plutôt commune avait pu faire pour être acceptée ainsi. La dame avait ramassé Billy à Mykonos, par une journée brûlante et venteuse, puis, après quelques nuits passées dans des criques et sur des plages vides, elle l'avait amené à bord du *Narcisse* et Billy avait éprouvé les émotions qui avaient dû animer la bâtarde jaune la première fois qu'elle avait été invitée parmi les caniches. M. Dronner se déclara ravi de faire sa connaissance, il avait si souvent entendu parler de lui, il avait toujours eu un intérêt particulier pour les nageurs de fond. C'était la première fois depuis des années que Billy rencontrait quelqu'un qui se rappelait ses anciens exploits, la traversée de la Corne d'Or, du Catalina Channel, les quarante kilomètres entre Calais et Douvres, aller-retour… Puis son hôte prit l'air vaguement gêné et s'éclaircit la gorge et Billy devina qu'il évitait avec tact « la triste fin de la carrière d'un champion en or », comme l'avait écrit le *Los Angeles Times*, en rendant compte de l'affaire de drogue et de contrebande survenue dans la vie du jeune homme qui avait pendant tant d'années incarné la jeunesse, la beauté, le rêve américain. À l'époque, Billy survivait en jouant de la guitare sur les yachts où l'on donnait des fêtes, dans le port d'Hydra, et les cinq cents dollars que lui remit M. Dronner, et auxquels succédèrent beaucoup d'autres, lui donnèrent le sentiment que le diable venait soudain de répondre aux prières qu'il avait, lui Billy, secrètement adressées à Dieu. Ce fut au cours de sa troisième visite à bord du yacht que M. Dronner aborda le sujet avec délicatesse.

« J'imagine que vous ne lisez pas les journaux ? »

Billy s'esclaffa.

« Figurez-vous qu'on a volé trois vases minoens dans la villa Van Hoocht ici même… à Hydra. C'est extraordinaire. Il s'agit d'une de ces demeures qu'on ne peut atteindre que par la mer et la maison du gardien se trouve sur les rochers. Or, l'homme est catégorique : il a passé la nuit à pêcher et pas un seul bateau n'est venu par là. On dirait bien que quelqu'un a parcouru les huit kilomètres à la nage, qu'il a escaladé les rochers, pris les statuettes et qu'il est reparti par le même chemin. Seize kilomètres. Un exploit presque impossible. À moins, bien sûr, qu'un bateau ne l'ait attendu quelque part… seulement, comme vous le savez – enfin, je veux dire, si vous connaissiez l'île – le chenal est très étroit et, de l'autre côté, il n'y a rien que les célèbres formations de récifs sous-marins, sur lesquelles tant d'infortunés navires se sont fracassés… On y a découvert une galère assyrienne l'année dernière… Alors, on dirait bien que le voleur a fait tout le trajet de retour à la nage… »

Il prit un morceau de pain blanc bien frais et de ses doigts maigres, dont un était orné d'une magnifique bague, il le rompit. Billy avait peur. Le morceau de homard qu'il était en train d'avaler lui resta en travers de la gorge.

« Il me semble que vous feriez mieux de rendre ces objets, dit doucement M. Dronner. J'espère qu'ils sont intacts. Je peux m'arranger pour qu'ils soient restitués à mon ami, le colonel Houston-Fawler, sans qu'il y ait d'histoires. Je dirais même plus. Ce n'était pas un mince exploit sportif. Je suis prêt à offrir une récompense. Trois mille dollars.

— Reprenez donc un peu de homard, mon garçon », dit gentiment Mme Dronner.

C'était ainsi que tout avait commencé.

On l'appelait le môme.

Karadjouglou est une masse de graisse de la tête aux pieds, et tandis qu'il se répand lentement au dehors, véritable désastre glandulaire ambulant, ses tétons tressautent sous sa chemise. Si les eunuques pouvaient se reproduire, ça donnerait cela. Pour la virilité, il a recours à une énorme moustache noire soigneusement pommadée et à un cigare. Ce dernier ne quitte jamais son visage, il y est fixé en permanence, en plein milieu, exhibition pathétique d'un rêve de fières érections. Les yeux sont tristes et l'on peut presque y voir sa femme en train de se faire sauter par toute une ribambelle de touristes, et si l'on sourit, Glou-Glou, comme nous l'appelons, prend l'air peiné, vraiment il ne faut pas regarder sa femme se faire sauter. Il ferme les yeux.

Ce dont il aime le plus parler, c'est de pirates et de viols, de contrebande et de lutte contre les Allemands pendant la guerre – une fois, il avait étranglé de ses

mains une sentinelle allemande – et de lever ses petits
bras adipeux pour mimer le meurtre, en roulant des
yeux, la moustache hérissée – en ce temps-là, il était
maigre et fort – un héros de la résistance – et tandis
qu'il contemple ses petites mains replètes accomplis-
sant cet acte d'héroïsme, on entend presque rire la sentinelle allemande, lorsqu'elle se sent ainsi chatouillée.
Karadjouglou est un Turc, de la secte Karaim, et
au-dessus de son lit se trouve une vieille gravure des
célèbres pirates du XVIIIe siècle, les frères Barberousse,
debout sur le pont, au milieu des navires en flammes.

La pension compte dix chambres et pour une raison
que Glou-Glou n'a jamais été tout à fait capable d'expliquer, elle s'appelle le Poisson Orgueilleux. Sans doute
ces mots proviennent-ils de quelque profonde incom-
préhension entre Anglais et Turcs, car la mosaïque
bleu et ocre qui indique ce nom représente la tête de
la Sainte Vierge et le tout est si déroutant qu'il en pren-
drait presque des allures de mystère et que si l'on s'inter-
roge sur cette lacune dans l'histoire, on se demande
pourquoi cet incident a été omis des Saintes Écritures
et qu'est-ce qui a bien pu se passer, bon Dieu, entre
Marie et ce poisson. Mais il est bon d'avoir matière à
réfléchir et d'être encore capable de se poser des questions. Le grand Berkovitz, l'escroc, le filou quasi légen-
daire, un de ces types dont on murmure le nom quand
la situation paraît à ce point pourrie et désespérée que
l'on a besoin d'un Jésus-Christ à soi, un Jésus flam-
bant neuf et bien propre, en qui depuis deux mille ans
personne n'a encore cru, Berkovitz dit que tant qu'on
garde son sentiment d'étonnement on sera toujours
capable de rire. Rire, c'était la seule chose qui valait la
peine et tant qu'on pouvait contempler le monde et en
rire, on avait encore une chance.

Le balcon surplombe la mer, et on foule toujours un sol frais, quelle que soit la férocité du soleil qui vous fait rôtir depuis là-haut. Les bateaux de pêche – ils appellent ça des caïques – se rassemblent tous au coucher du soleil comme des papillons rouges qui butinent, quinze, vingt bateaux, tenant à eux tous, à pleines dents si l'on peut dire, leur énorme filet rouillé, pour attraper tous les poissons qu'ils trouvent généralement, des *popas*, des *damos*, ou Dieu sait quel est le nom qu'on leur donne ici, ils ressemblent tous aux limandes de Baja California. Quand le soleil se couche, la mer ici devient violet sombre, puis d'un rouge éclatant, avec tous ces bateaux qui se serrent de près, les uns contre les autres, leurs proues se bécotant, ils semblent picorer de concert dans le même grand plat des poissons de leur pêche ; un orage aux ailes violettes surgi de l'Asie vient se suspendre là, tonnant, dardant des éclairs qui semblent se perdre dans le ciel ; soudain la tomate rouge et mûre du soleil devient molle et flasque et se laisse engloutir, entraînée par son poids excessif ; il y a plus de trois cents églises grecques orthodoxes sur l'île, et c'est l'heure à laquelle on les entend chanter, pas les églises, mais les Grecs à l'intérieur, et comme je vois les choses, quand un tout petit endroit comme ici a besoin de trois cents églises, c'est que tout ça vraiment n'est que de la rigolade. Si ça marchait bien, une seule église devrait suffire.

La Grèce. C'est de là que vient la mythologie, des rois qui n'ont jamais existé, des dieux qui n'ont créé personne et n'ont jamais rien fait, si ce n'est d'avoir entre eux les liens de famille les plus compliqués qui soient, et tout ça, ce n'était que du marbre. Il restait quand même quelques cartes postales. Les guides grecs ont une façon bien à eux de vous montrer un morceau de pierre de rien du tout comme si c'était tout ce qui restait du monde réel. Pour ce qui était de Bill, tout ça c'était les mines du roi Salomon. Tous les Grecs que vous croisez vous diront que ce sont eux qui ont inventé la démocratie, et c'est peut-être vrai, mais ce qui est sûr, c'est qu'ils ont perdu leur brevet.

Madame Karadjouglou se prenait pour une ancienne déesse grecque de l'amour et quand on a ce genre de réputation à défendre, ça ne rime à rien d'habiter une petite île dans laquelle il n'y a que deux ou trois hommes valables. En tout cas, elle avait plus de fesse et de téton que toutes les femmes sous lesquelles Bill s'était jamais glissé. Son idée de la passion grecque mythologique était de se vautrer sur vous, quatre-vingt-dix kilos de chair en folie, de chevelure défaite, de ventre palpitant et il y avait des moments où on commençait vraiment à s'inquiéter et à se demander si on allait jamais pouvoir récupérer sa mise. En plus de quoi, elle avait cette habitude bien à elle de vous fourrer son nichon entre les lèvres et il fallait rester allongé là, la bouche pleine, pendant que la déesse grecque baissait les yeux vers vous du haut du ciel, en répétant :

« C'est bon, bébé ? C'est bon ?

— … Mmmm », faisait-on et au bout d'un moment, on commençait à saliver à l'idée d'un bon morceau d'authentique faux-filet américain, parce qu'il faut bien dire qu'il n'y a pas l'ombre d'un steak correct dans la Grèce entière, non, c'est vraiment le pays du mouton.

L'étroite rue filant entre les murs blancs striés de vignes, avec ses deux églises courtes et trapues, était remplie de ciel bleu à l'autre bout, là où elle descendait abruptement vers la mer, là où commençait le port, avec des moulins à vent de l'autre côté, des voiliers entre les deux, des ânes faisant sonner leurs sabots sur les pavés, clip-clop, clip-clop, chargés de poteries ou d'énormes éponges ; aux fenêtres étaient accrochés les filets de pêche mis à sécher, de sorte que souvent un petit crabe vous tombait dans les cheveux, en agitant les pattes, et vous le portiez jusqu'à l'eau pour le remettre à la mer d'où on l'avait sorti, exauçant ses prières, les crabes n'ont pas d'église. C'est une rue en cul-de-sac, et avec les deux fenêtres de la pièce, l'une donnant sur l'eau, l'autre sur la rue, c'était le genre d'endroit que l'on pouvait tenir pendant des heures, tant qu'il vous restait des munitions ou jusqu'à ce que quelques-uns de ces salauds parviennent à se hisser sur les toits plats et à vous déloger à coups de grenades fumigènes ou lacrymogènes.

Ça devait forcément arriver tôt ou tard, c'était une affaire de mois, de semaines, ou de jours, personne n'avait la moindre certitude, il n'y avait pas encore de combats sur le continent, rien que de tout petits assassinats, de ceux dont il est question dans les livres, ce genre de meurtre politique qui donne le « feu vert », par exemple celui de Calvo Sotello, à Madrid, une balle dans la nuque qui déclencha la guerre civile en Espagne, le premier d'un million et demi de morts. Mais la colonie étrangère, presque entièrement anglaise, n'était pas indûment inquiète. Il s'agissait de gens qui tout au long des cinquante dernières années avaient joué au bridge en compagnie de l'histoire, pendant que le vieux monde auquel ils appartenaient se transformait à une vitesse si effrayante que les majordomes anglais étaient en passe de devenir une espèce menacée. C'étaient là d'étranges spécimens de l'époque coloniale, on aurait dit que tous les hommes venaient de bâtir ou de perdre un empire, avec cette façon qu'ont les Anglais d'avoir l'air « tout à fait conventionnels » ou « typiquement excentriques », en sorte qu'ils peuvent bien faire ce qu'ils veulent, ces Anglais, adopter n'importe quel comportement, moins ils se conforment, plus on les

trouve « typiques ». Leurs villas étaient de l'autre côté
de l'île, mais les villas anglaises sont toujours de l'autre
côté, c'est connu. Il fallait parcourir six kilomètres et
demi à la nage depuis la pension et Billy le fit de nuit.
Il n'y avait pas de courants à cet endroit, le seul danger
provenait de ces phénomènes qui surviennent souvent
quand vous vous trouvez trop loin du rivage dans une
eau limpide la nuit, tout à coup vous avez le sentiment
que vous ne voulez plus retourner à terre, il faut vous
rappeler que c'est un tour que la mer joue souvent
à ceux qui l'aiment trop. Elle vous entraîne de plus
en plus loin de la côte et alors, vous avez beau être le
meilleur nageur du monde, il vient un moment où vous
vous trouvez soudain trop éloigné et vous vous retour-
nez pour regarder l'ombre noire de l'île contre les
étoiles, et alors vous ne pouvez pas vous empêcher de
rire, parce que vous savez que vous avez réussi à vous
fourrer exactement dans le pétrin que vous souhai-
tiez, au-delà de toute possibilité de regagner le rivage.
Les nageurs de fond en passent toujours par là, tous
autant qu'ils sont, et certains d'entre eux ne reviennent
jamais. Ça n'a rien à voir avec un suicide, c'est simplement qu'on s'enivre de la mer, des étoiles et de la nuit
et qu'on nage encore et toujours, loin dans l'espace,
et tout à coup on est à plus de quinze kilomètres de la
côte, en train de couler. C'était arrivé à Billy une fois,
dans le Catalina Channel, au large de Santa Barbara,
et une autre fois à Skiatos, dans les Sporades, mais
chaque fois un bateau de pêche l'avait ramassé, ce qui
passe pour de la « veine » parmi ceux qui ne savent
pas ce que recherche un nageur de fond. Impossible
d'expliquer ces choses à quelqu'un qui ne s'est jamais
éloigné du rivage, vraiment éloigné, à une douzaine
de kilomètres, quand on commence à éprouver une
espèce de perte rythmique de son propre corps, une

disparition de la substance et de la matière, et que tout ce qu'il reste de vous, c'est l'espèce d'immortalité qui va de pair avec la nuit et les étoiles sur l'océan.

À une époque, il avait été capable de nager plus longtemps que n'importe qui. On l'avait mis en concurrence avec Ali Sayed, l'Égyptien, dans les eaux turbulentes et froides de la Manche, cent vingt-cinq kilos de force brute, et Billy avait repris pied sur la terre ferme, tout dégoulinant d'huile noire protectrice, avec trois kilomètres d'avance sur l'Égyptien. Ali Sayed s'était assis sur la plage et il avait fondu en larmes. Les Turcs lui avaient payé le voyage jusqu'à Istanbul, pour le voir se faire battre par un nageur de leur équipe de moustachus, mais encore une fois, Billy avait été le premier dans la Mer Noire et le premier à Arta, ce qui lui avait rapporté dix mille dollars. Pendant un moment, en Californie, on l'avait appelé « le dauphin d'or », mais ensuite la guerre était venue et il avait pris une balle dans le cou à Guadalcanal et après ça, terminé. L'ère des belles cagnottes était révolue. Il y avait eu beaucoup d'alcool, de tabac et de mauvaises fréquentations. Il s'était fait pincer alors qu'il revenait à la nage de Baja California, avec vingt kilos de cannabis accrochés dans son dos, bien au sec dans des sacs en plastique.

Tous les Grecs qu'il connaissait avaient des noms comme ces Phidias, Aristote, Socrate, Apollon, qu'on pouvait lire sur le socle des statues de marbre dans les musées locaux ; ça faisait plaisir de pouvoir acheter une livre d'olives et du fromage à Socrate et de les manger en compagnie d'Apollon, et puis de partager une bouteille de retsina avec les pêcheurs barbus Dionysos ou Démosthène, même si Billy ne savait jamais si ces noms étaient ceux de dieux ou de pères fondateurs du parti démocrate grec, c'était toujours l'un ou l'autre avec ces Grecs, c'est toujours soit Dieu, soit la démocratie. Pour le moment, ils n'avaient guère de l'un, ni de l'autre, les plus belles pièces étaient dans les musées américains et les colonels à Athènes, où ils gouvernaient le pays, et si vous étiez lève-tôt, vous pouviez voir, de temps à autre, une paire de flics et le genre de civil qui accompagne toujours les flics quand c'est de la politique, en train de frapper à la porte de quelqu'un. Mais les touristes continuaient de venir, parce que la seule chose qui peut tenir les touristes à distance c'est la typhoïde. Il y avait d'énormes prêtres noirs, barbus et pâles, qui grouillaient un peu partout, à cause du monastère au sommet de la colline qui était aussi un orphelinat, et tous ces popes avec leurs gigantesques croix d'argent étaient des tantes, tous autant qu'ils étaient, et les petits orphelins avec leurs crânes rasés en prenaient plein le cul ou pire, mais un jour les colonels à Athènes avaient eu vent de ces agissements et l'armée avait débarqué avec ses camions et elle avait embarqué vingt-deux popes, et c'était quand même étrange, parce que tous les pédés anglais et allemands avaient aussitôt quitté l'île, on n'avait jamais rien vu de plus dingue, un bateau bourré à craquer de pédés et le capitaine grec, debout sur le pont, qui n'en menait pas large.

Les dieux étaient partis, la démocratie aussi, mais les armateurs étaient toujours là et tout le monde connaissait leur nom ; le baron von Kurland, qui avait la plus belle maison de l'île, avait dit à Billy, avec un de ses minces sourires qui lui donnait, Dieu sait pourquoi, l'air d'un serpent, même si les serpents ne sourient pas, bien sûr :

« De nos jours, les armateurs, c'est tout ce qui reste de la mythologie grecque. »

Ils s'appelaient Niarchos, Mavraleno, Ambrikos, Onassis. Un jour, un grand voilier noir était arrivé dans le port, jamais Billy n'avait rien vu de si beau, il l'était même tellement que Billy était resté assis sur la jetée toute la journée à le regarder. On aurait dit qu'il était arrivé droit du mystère, toutes voiles dehors, et on sentait bien qu'il avait son monde à lui, pas le nôtre, un monde bien réel. Un type du coin, nommé Petro, avec une tignasse hirsute et une barbe tellement imprégnée de retsina qu'on craignait toujours de lui allumer sa cigarette et de le voir soudain s'enflammer comme une torche, Petro, donc, s'approcha de Billy, en se grattant le bas-ventre, et s'accroupit à côté de lui. Ils restèrent longtemps tous les deux à contempler la beauté noire, dont les trois mâts avaient l'air plus hauts que la colline en arrière-plan. Le fils de Joseph, le tailleur, nageait le long de la jetée et ils l'entendirent soudain jurer et cracher, puis il grimpa sur les rochers en braillant et en montrant le poing au bateau. Il s'était trouvé pris en plein milieu d'une traînée d'ordures qui s'en éloignait en flottant au fil de l'eau et il leur montra d'un doigt furieux une crotte qui tressautait sur les vagues. Petro adressa au jeune homme un regard empreint de la sévérité d'un aîné.

« Ils n'ont plus aucun respect pour quoi que ce soit, les gosses d'aujourd'hui, dit-il de sa voix rauque. Et il n'y a plus rien de sacré. Tu te rends pas compte, idiot que tu es, que cette crotte, elle sort peut-être, si tant est qu'on puisse le savoir, du propre cul à Niarchos ? »

Il parlait bien l'anglais, comme tous les ivrognes grecs qui vivent dans les tavernes et qui deviennent lentement des « célébrités locales », après avoir passé des années à faire le clown pour soutirer un verre aux touristes. Il y avait chez lui quelque chose de triste qui plaisait beaucoup à Billy. Il n'y avait guère de gens vraiment tristes dans le coin. Les salauds ne sont jamais tristes.

Les jours s'écoulaient, dans une succession tantôt ensoleillée, tantôt sombre de ciels bleus étincelants, qui portaient en eux une espèce de non-existence dorée, de sérénité, disait-on, et de nuits douces, apaisantes et purifiantes, parce que l'obscurité sait s'y prendre avec les apeurés, les hébétés et les perdus. Non pas que Bill se sentît hébété, ou perdu. Juste apeuré. Mais à vrai dire, il suffisait d'être vivant pour avoir peur. Il n'y avait pas moyen de savoir à quoi diable tout ça rimait, sauf quand on s'en allait nager très loin, à des kilomètres de la côte, s'enfonçant dans la nuit, l'onde noire et les milliards de lumières qui sont là-haut, avec les longues traînées d'argent frissonnant au milieu des vagues, et les eaux à la fois chaudes et fraîches, chaudes à la surface et plus fraîches en dessous, quand on plongeait vers l'île sous-marine, à six kilomètres à l'est du port, là gisait la carcasse du *Demetrios*, un navire marchand qui s'était fait éventrer dans le coin, il y avait très longtemps, on pouvait descendre directement jusqu'au hublot et entrer dans la cabine du capitaine pour dire bonjour aux poissons.

Greta avait une liaison avec un petit Juif de Brooklyn, qui s'appelait Pete Meyerowitz, un comptable qui s'était évadé pour aller vivre dans une pension grecque, et tous les soirs, après le coucher du soleil, Greta devenait entièrement grecque et mythologique, elle était la grande déesse de la Terre, et c'était sans doute pour ça qu'elle se tapait tout le monde. La plage regorgeait de mythologie de quatre sous. Sur la plage de Karamanli, à laquelle on ne pouvait accéder que par bateau, elle galopait nue comme un ver, ses fesses et ses nichons déments secouant leurs quinze kilos dans une espèce de danse païenne qu'elle associait à l'antiquité grecque, et Meyerowitz, une feuille de laurier dissimulant les poils roux de son sexe, devait s'asseoir en

tailleur et jouer de la flûte, le comptable le plus maigri-
chon qu'on ait jamais vu, avec des lunettes sur ses yeux
tristes, et Billy qui s'en allait souvent à la nage jusqu'à
la Karamanli, pour y dormir sur le sable, se disait que
pourtant les Allemands avaient déjà fait assez de mal
aux Juifs comme ça, mais alors Meyerowitz lui dit de
s'occuper de ses oignons, ce n'était pas de sa faute s'il
n'était pas bâti comme Billy, une espèce de dieu grec, il
était quand même un adorateur païen de la vie, ça oui,
et va te faire foutre, on est en démocratie. Il discourait
sur les satyres des temps païens, comme seul peut le
faire un livre. Il parlait tout le temps de force vitale,
avec au fond des yeux une expression entendue, ses
yeux aux immenses paupières rouges, toujours rouges,
on ne pouvait pas ne pas le trouver sympathique, ce
gars, parce qu'il cachait un rêve, le rêve somptueux de
quelque chose de vraiment différent. Mais tout ce qu'il
pouvait faire à ce sujet, c'était ses pompes.

Un jour, en plongeant en direction de l'épave sous-
marine, pour son habituelle minute et demie de contem-
plation en apnée – une fois qu'il est au fond, même le
plus affreux des pétroliers acquiert une espèce de mystère et de beauté –, Billy vit un corps qui flottait au-
dessus du pont, pris dans la nasse des fils de fer rouillés
et des chaînes tordues. Le type avait de longs cheveux blonds, c'était la seule partie de lui qui paraissait
encore vivante, flottant et ondulant dans l'outremer, et
une barbe blonde, ses traits accentués et virils étaient
gonflés, mais encore intacts, de même que ses yeux
bleus grands ouverts qui regardaient Billy fixement
et presque sévèrement, le mort et le vivant suspendus
l'un en face de l'autre, séparés seulement par l'éternité.
Billy était remonté à la surface pour reprendre son
souffle, puis il avait plongé de nouveau, bien que le fait
de partager l'eau avec ce mort l'emplît d'une espèce

de révulsion primitive et quasi superstitieuse, mais il y avait quelque chose dans la sévérité du visage et des yeux du noyé qui rendait son muet appel pour ainsi dire impératif. Billy regagna le rivage à la nage, et ne parla à personne de sa rencontre, comme s'il exécutait un ordre du mort le sommant de ne pas le trahir et il avait l'étrange impression de lui avoir fait une promesse. Quelques jours plus tard, alors qu'il longeait les étroites rues blanches où les sabots des ânes résonnaient sur les chaussées pavées, il avait vu une affiche sur le mur proche du bureau de tabac, où un groupe de touristes braillards en provenance de la dernière croisière « séjournez deux semaines dans le berceau de la civilisation pour quatre-vingts dollars » étaient occupés à choisir des cartes postales ; il ne savait ni lire, ni parler le grec, mais il y avait un chiffre sur l'affiche, trente mille drachmes et derrière, il y avait le visage du noyé, qui le contemplait fixement, exactement le même visage, la toison et la barbe blondes hirsutes, les yeux qui ne cillaient pas. Un meurtrier, un malfrat, un passeur de drogue, ou bien s'agissait-il encore de politique ? La Grèce était pleine d'hommes qui fuyaient la justice ou l'injustice.

Il s'éloigna en sifflotant, il sifflotait toujours quand il était triste ou troublé, et quand la tristesse et autre chose qui ressemblait assez à une question qu'il ne pouvait ni formuler clairement, ni chasser de son esprit et de son âme se faisaient trop insistantes, à force d'être vagues et douloureuses, il prenait sa guitare et chantait. C'était pour cela que tout le monde l'appelait « l'homme heureux » et ça le faisait rire.

À Zephnos, personne ne parlait de politique, pas à lui en tout cas, quelques-uns de ceux qui connaissaient l'anglais se contentaient de dire qu'ils détestaient la politique ; curieusement, c'étaient toujours les plus riches du village. Mais il parla quand même de l'affiche à Petro, qui c'est ce type, qu'est-ce qu'il a fait pour être mis à prix trente mille drachmes par le gouvernement. Petro était assis torse nu sur la jetée, occupé à contempler les yachts de l'œil expert du professionnel, jouant au satyre insulaire à la mauvaise réputation, au Neptune abandonné, au Zorba le Grec venez-donc-me-prendre, à l'intention des touristes et de leurs appareils photo, lesquels étaient pour lui la source de toutes les richesses, des repas et des verres gratuits, toujours prêt pour le Kodachrome des diapositives, avec le caïque rouge tatoué sur sa poitrine, filant au milieu des poils blancs. Il avait le visage d'un Don Quichotte et le corps d'un Sancho Panza, les deux célèbres héros de bande dessinée, dont Billy suivait les aventures dans les pages du *Miami News*. Il portait un foulard rouge autour du cou et une casquette du New York Yacht Club, ornée d'un badge et d'une ancre dorés.

« Qui c'est le type sur l'affiche, Petro ? »

Petro cracha dans l'eau.

« Un grand homme ! déclara-t-il.

— Comment cela ?

— Je te le dis : un grand homme, ça te suffit pas ?

— Qu'est-ce qu'il a de si grand ?

— C'était un grand poète.

— Tu parles. Il n'y a pas un poète qui vaut trente mille drachmes.

— C'est pourtant ce que vaut un poète aux yeux de l'armée, dit Petro, et même beaucoup plus.

— Tu as lu ses poèmes ?

— Il n'en a jamais écrit.

— T'es vraiment trop con, dit Billy.

— La liberté, dit Petro. Le plus grand poème de tous les temps. Mais il n'a pas encore été écrit. Et il le sera jamais. Ou peut-être un jour. Mais il faudra des milliers de morts. Et alors tous ceux qui sont pas poètes te diront que ça vaut pas la peine de l'écrire, voilà tout.

— Ah, va te faire foutre », dit Billy.

Mais lorsque Billy lui posa la même question, le gros Karadjouglou, qui parcourait sa pension de famille dans sa tenue de cuisinier, comme un fantôme obèse, l'attira dans un coin, bien qu'il n'y eût personne d'autre qu'eux, et lui dit que l'homme aux trente mille drachmes était un chef de la clandestinité hostile aux colonels, qu'il avait été trahi, capturé et expédié dans un camp de concentration sur l'île de Dervos, mais qu'il s'en était évadé, exploit incroyable, car Dervos était une espèce de rocher nu, gardé par la marine, et personne ne savait comment le type avait réussi à s'enfuir.

M. Karadjouglou était très excité, décrivant des moulinets de ses petits bras dodus qui sortaient de son tablier de cuisinier – il le portait à même sa peau nue, une peau blanche et flasque, qui contrastait si bien avec son visage basané, ses cheveux et sa moustache noirs qu'on avait l'impression que son corps avait été débarrassé de ses couches extérieures plus sombres pour être mis à cuire. Il était dans un tel état d'énervement que Billy ne savait pas trop si c'était l'héroïque exploit accompli par le mort en s'évadant qui l'émerveillait, ou l'importance de la récompense offerte. Le lendemain matin, il gagna encore une fois le rocher à la nage et plongea pour aller regarder ces trente mille drachmes que personne n'aurait jamais. Il découvrait à présent que le visage de l'homme changeait du tout au tout, selon ce qu'on savait de lui. À présent, il lui paraissait fier, comme une de ces figures de proue qui ornent les navires. Il dégagea le cadavre des rochers et le tira sur une centaine de mètres en direction du courant qui filait vers la haute mer et qui emporterait le défunt là-bas, vers la dernière demeure qui lui convenait.

Le lendemain matin, toute une section de l'île, au nord de la jetée, fut mise hors limites par un cordon de policiers et l'on vit arriver un bateau sur le pont duquel se trouvaient des centaines de prisonniers; Billy les regarda du haut du vieux château construit quelque sept siècles auparavant par les croisés français. Les prisonniers attendirent, assis sur le pont, pendant qu'un nouveau groupe d'une cinquantaine d'hommes de l'île étaient escortés à bord par des gardes armés de mitraillettes. Après quoi, le bateau appareilla et les touristes purent de nouveau circuler dans cette partie de l'île et se donner du bon temps, en prenant des photos du vieux château, ou bien en plongeant du haut des rochers, et l'écho de leurs rires et de leurs voix, en allemand, en anglais, en français, retentissait parmi les rochers brûlants, les murs blancs et les pierres du château. Billy remarqua l'absence de quelques visages familiers, le long des rues pavées, et il vit sangloter des femmes drapées dans des voiles noirs, et Petro se saoûla à tel point qu'il dut être emporté hors de la taverne par des amis, et les petites églises étaient si pleines de gens qui priaient et chantaient qu'on avait presque l'impression qu'elles allaient se soulever du sol et s'envoler vers le ciel, sur les ailes de toutes les prières.

Du sommet de la citadelle, vous pouviez voir l'île de Dervos, à une grande vingtaine de kilomètres à vol d'oiseau. Une fois Billy avait nagé jusque là-bas, et il s'était trouvé en fort mauvaise posture, sous les rochers abrupts qui s'élevaient verticalement au-dessus de sa tête, avec des centaines de milliers d'oiseaux hurleurs qui y avaient fait leurs nids. Il lui avait fallu près de deux heures pour parvenir à se hisser hors de ces eaux et à trouver un chemin, et tout ce qu'il avait découvert au milieu de la lave noire du volcan éteint, c'étaient les ruines de fortifications turques, puis de l'autre côté une

douzaine de maisons de pêcheur blanches, et un des
pêcheurs l'avait ramené en bateau. Personne ne l'avait
cru quand il avait raconté qu'il avait couvert vingt-
quatre kilomètres à la nage, et Petro l'avait traité de
plus fieffé menteur qui eût jamais vécu, et à la taverne
tout le monde s'était moqué de lui ; il est bien étrange,
d'ailleurs, de voir que les pêcheurs qui vivent au bord
de la mer s'y connaissent si peu en matière de nage et
s'en soucient encore moins. Il aurait pu leur dire qu'il
n'avait pas parcouru la distance en une seule fois, mais
bien que tout le monde sût précisément où se trouvaient les sept formations sous-marines de hauts récifs
affleurants, l'idée qu'un homme pouvait faire tant de
kilomètres à la nage sans aucune raison véritable et
sans être payé pour le faire, était de celles auxquelles
personne ne pouvait croire. Leurs vies entières étaient
composées de luttes physiques, certes, mais de luttes
qu'ils étaient bien obligés de livrer afin de survivre et
de nourrir leurs familles, alors que seul un fou furieux
aurait gaspillé son énergie, risqué sa vie et éprouvé ses
forces jusqu'à l'extrême limite sans autre raison que
l'appel de la haute mer. Billy rit avec eux et tourna
toute l'affaire en plaisanterie, il valait beaucoup mieux
être pris pour un menteur que de passer pour un cin-
glé. Et pourtant, il avait côtoyé beaucoup plus de dan-
gers et couvert des distances bien plus considérables le
long de la côte de Baja California, sans la moindre possibilité de prendre pied, sans le moindre endroit pour
se reposer, avec les requins pour toute compagnie. Au
cours d'une de ces équipées, pas loin de dix kilomètres,
il avait eu dix kilos de pavots accrochés dans le dos.
Chado et Tamiz qui nageaient avec lui avaient disparu
sans laisser de trace, étant donné que les hors-bords
qui étaient censés venir les chercher à mi-chemin une

fois qu'ils auraient passé la frontière n'étaient jamais arrivés.

Plus tard, alors qu'il essayait de comprendre ce qui, dans le regard de ce mort, l'avait incité à retourner jusqu'à l'île, la seule réponse qu'il put trouver, c'était qu'il s'agissait de quelque chose de grec, quelque chose dont tout le monde parlait ici. Le destin, ils appelaient ça. Ou bien alors c'était peut-être Petro qui, au sortir d'un coma éthylique de deux nuits, était venu le rejoindre au bout de la jetée, à l'heure où le soleil se couchait, et ici c'était toujours comme si une blessure s'était brusquement ouverte dans le ciel, laissant jaillir des flots de sang dans l'outremer et le violet. C'était un moment agréable pour s'asseoir sur la jetée et jouer de la guitare, puis pour délaisser brusquement ses cordes, quand la débauche de bleu et de rouge prenait un air de tragédie, comme si ce qui avait commencé comme un jeu plutôt violent entre le ciel et la mer s'était soudain transformé en massacre.

« Tu m'as pas dit un jour que t'avais nagé d'ici jusqu'à Dervos ? demanda Petro.

— Peut-être, oui.

— Je te crois pas. »

Billy ne répondit rien.

« Pourquoi tu me mens, à moi qui suis ton meilleur ami ici ? »

Dans la voix de fausset chevrotante de Petro, on entendait vibrer de faux reproches. Il portait un anneau d'or dans le lobe de l'oreille gauche et, sous ses sourcils en bataille, on voyait briller au fond de ses yeux le feu vif et spirituel de ce que l'on appelle, faute de mieux, l'énergie vitale. Étrange à quel point le visage d'un salopard peut avoir l'air noble, quelquefois, se dit Billy, en pinçant les cordes de sa guitare jusqu'à ce que ses doigts trouvent le chemin de *Riders in the Sky*.

« Laisse tomber.

— Tu l'as couverte cette distance, oui ou non ? hurla Petro.

— Qu'est-ce que ça peut te faire ?

— Personne peut nager aussi loin. Et comment t'es sorti de l'eau. C'est pas possible. Les rochers sont à pic. Une paroi de plus de trente mètres…

— Eh bien, c'est possible. Il y a moyen de monter. »

Petro cracha dans l'eau.

« Je le sais bien qu'il y a moyen. Je voulais juste voir. Donc, t'y es vraiment allé. »

Les doigts de Billy passèrent à *Don't Tell me Nothing, Just Love me So*. Il n'y avait pas la moindre raison pour qu'il se fût rappelé, juste à ce moment-là, l'expression à trente mille drachmes dans les yeux du rebelle noyé. La liberté, se dit-il tout à coup. Pour trente mille drachmes de liberté. Il rit.

« Qu'est-ce que t'as ? aboya Petro.

— Rien. »

Dans le regard de Petro brilla une lueur rusée, vaguement méprisante.

« Y a un touriste ici qui a entendu parler de ta vantardise. Lui aussi il a été nageur, il faisait partie de l'équipe olympique de Grande-Bretagne… »

Les doigts de Billy quittèrent la guitare.

« Son nom ?

— Je le connais pas le nom de cet enfoiré, qu'est-ce que tu crois ? dit Petro. Tout ce que je sais, c'est qu'il est prêt à parier mille drachmes que tu tiendras pas la distance.

— Dis-lui d'en parier deux mille », dit Billy.

Le visage de Petro se figea dans une expression de respect mêlé de méfiance, qui lui fit fermer un œil pour mieux se concentrer sur l'autre.

« T'es sûr que t'en es capable ?

— Je crois pas être capable de revenir, dit Billy. Peut-être que je pourrais arriver jusqu'à la première barrière de corail. Mais qu'est-ce que ça peut te faire, de toute façon ?

— Ce que ça peut me faire ? gémit Petro. Je vais te le dire, moi. On est tout un groupe de copains prêts à parier sur toi. L'étranger prend le pari. Quel qu'il soit. Il pue du fric.

— Il pue "le" fric », corrigea Billy.

Petro baissa la voix, comme il convient quand on parle de très grosses sommes.

« On est prêts à parier cinq mille drachmes que t'es capable de réussir. Et si tu perds, on versera deux mille drachmes pour toi.

— Si je perds, ce sera à moi de payer, dit Billy. Et si je ne réussis pas, ça voudra dire que j'aurai cassé ma pipe.

— Tu fumes en nageant ? s'étonna Petro.

— C'est une expression. Ça veut dire mort. »

Petro resta assis un moment, à le regarder. On pouvait presque voir se refléter dans ses yeux trois mille ans passés à rouler les gens et à se faire rouler, à évaluer les risques. Une très ancienne civilisation que celle des Grecs.

« Bien sûr, faudra prouver que t'es allé jusque là-bas.

— Ça c'est facile, dit Billy. N'importe qui dans le village vous le dira.

— Y a plus personne au village, grommela Petro d'un air sombre. On les a tous déménagés sur une autre île. Celle-ci est une prison à présent. Une prison politique. Ils y ont construit une caserne et elle est gardée de partout… sauf du côté à pic. Mais voilà, l'Anglais te filera un petit appareil photo et tout ce que t'auras à faire une fois que tu seras là-bas, c'est de prendre un cliché, ou

peut-être deux ou trois, et on gagnera tous notre pari,
et c'est nous qui rirons les derniers, on se paiera la fiole
de l'Anglais. Qu'est-ce que t'en dis ? »

Il voyait bien que Petro avait peur. La peur trans-
paraissait surtout dans sa voix, comme s'il était hors
d'haleine. Et puis dès qu'il avait dit quelques mots, il
crachait dans l'eau, plein de colère, les gens qui ont la
trouille se fichent souvent en rogne. On voyait des tas
de Grecs qui avaient la trouille, en ce moment, leurs
visages s'assombrissaient brusquement et ils détour-
naient les yeux, chaque fois qu'un touriste commençait
à parler politique, ou à mentionner des mots tels que
« colonels », « démocratie », « liberté » et autres, des
mots que les touristes peuvent se permettre de dire
tout haut, parce que les touristes, c'est l'économie et ça
c'était une chose dont les Grecs avaient besoin, « l'économie », même si on ne sait pas ce que ça peut vouloir
dire. Le môme, il s'en foutait pas mal de la politique,
c'était une de ces choses qu'il laissait derrière lui en partant nager, ça faisait partie de la saleté et des ordures
qu'on trouve toujours sur la terre ferme, toutes ces
choses qui l'avaient poussé à devenir nageur de fond.
Bien sûr, on ne peut pas les laisser derrière soi une
fois pour toutes, mais après avoir fait partie de l'océan
ou de la mer presque toute sa vie, on commence à se
dire que la terre ferme et tous les petits cadeaux qui
vont avec ne font pas partie de votre monde, ils appar-
tiennent à une autre planète, vous devenez une espèce
d'extra-terrestre, si on veut. Mais cela ne faisait pas
plaisir, cela faisait même de la peine de voir un vieux
salopard, un clochard, un ivrogne comme Petro, avec
sa gueule de pirate, prendre tout à coup un air effrayé.
Il venait même de regarder autour de lui, comme pour
s'assurer que personne n'écoutait. Mais il n'y avait personne d'autre qu'eux sur la jetée.

« Qui c'est, ce type ?

— Un Anglais, dit Petro d'un ton rassurant, comme si ce seul mot garantissait que l'homme était fiable, sûr et discret. Un gentleman anglais. »

Billy songea à Dronner. Cela faisait des semaines entières qu'il n'avait pas eu de ses nouvelles. Ils étaient en croisière.

« Écoute, Petro, il vaut mieux que tu me dises la vraie vérité, vois-tu, parce qu'ils ont des mitrailleuses là-bas à Zervos. »

Petro cracha violemment dans la mer. Ce type avait en lui plus de salive que tous les autres fieffés menteurs que Billy avait rencontrés. Puis il contempla le môme, dans un silence de mort. Faire confiance à quelqu'un, c'est une décision de taille, la plus grande de toutes. On peut se le permettre une fois ou deux dans sa vie et s'en tirer, mais on peut dire que ça exige pas mal de discernement.

« Comment tu veux que je sache ? gueula-t-il et ça, c'était à nouveau la trouille, ça fait gueuler. Ce touriste. Il a dit "un gentleman qui aime le sport", tu sais, les Anglais parlent même d'installer un parcours de golf ici. »

Il déglutit avec effort.

« Un journaliste. »

Billy opina. Maintenant, il comprenait. Le type voulait qu'il aille à la nage jusqu'à l'île interdite et qu'il prenne quelques photos du camp de concentration. Personne n'avait encore réussi à en ramener. Un journaliste américain avait survolé l'endroit dans un petit avion et fini sa virée dans l'eau, l'hélice et les ailes criblées de balles, et il y avait des grosses vedettes qui patrouillaient autour de l'île, et les pêcheurs étaient obligés d'aller jeter leurs filets ailleurs, à présent, en sorte que l'île-prison était en train de devenir un sanctuaire, pour les poissons. Tout dépendait de la façon dont on voyait les choses, si on s'intéressait davantage aux poissons ou davantage aux gens.

« Vaudrait mieux que je lui parle », dit Billy.

Ce qu'il fit.

La Taverna Zographo était la plus grande du front de mer et elle était si profonde que la chaleur ne pouvait pas vous y atteindre, en plus ils avaient trois énormes ventilateurs électriques au plafond, ce qui faisait qu'il n'y avait presque pas de mouches. L'endroit était environné de rochers, creusé dans le flanc de la montagne deux cents ans auparavant, ou plus, à l'époque où l'île était aux mains de pirates ou de corsaires français qui pillaient les navires turcs et qui avaient fait une descente dans l'île où ils avaient assassiné les pachas et violé leurs épouses dans le harem; au musée de l'île on pouvait consulter des livres qui racontaient leur histoire et donnaient leurs noms. Ceux que les Turcs avaient réussi à attraper avaient été empalés, l'équivalent turc de la crucifixion. D'un côté, il y avait aussi tout un comptoir de hors-d'œuvre variés et de pizzas chaudes qui était le point de ralliement des hippies allemands, américains, anglais et hollandais, mais il n'y avait plus de hippies suédois ou danois, ils ne venaient plus en Grèce à cause de la démocratie. Zographos était un géant d'une force prodigieuse, ancien efzon, comme on appelait les soldats du régiment particulier du souverain. On peut les voir à Athènes, occupés à monter la garde devant le palais vide du roi Constantin, de véritables colosses débordant de virilité, spécialement choisis pour leur taille, vêtus de jupes blanches avec un foulard rouge autour du cou, quelle vision, et quand ils changent la garde, on dirait des automates, comme ceux qui se tiennent devant le palais de Buckingham. Le roi n'était plus en Grèce, mais les efzons continuaient de mon-

ter la garde pour les touristes. L'économie. Ces types
faisaient la joie de tous les pédés, on les voyait mater
les jupes et les énormes cuisses musclées, il y en avait
même qui tournaient de l'œil, et chaque mois un ou
deux pédés succombaient à une crise cardiaque. Pour
une raison obscure, Zographos et M. Karadjouglou,
le propriétaire de la pension, étaient à couteaux tirés,
peut-être parce que le maître de la Pension du Poisson Orgueilleux possédait lui aussi une boutique de
traiteur, juste à côté de la taverne.

Le rendez-vous était à cinq heures de l'après-midi,
au moment où le soleil commençait à saigner. Il n'y
avait guère de monde à l'intérieur de la taverne, parce
qu'à présent le jour tombait dans une douce fraîcheur,
si bien que les touristes étaient tous dehors, en train
de contempler les yachts de luxe, et les filles se mon-
traient à leur avantage, en arpentant le front de mer,
et on publiait des photos d'elles jour après jour, dans
les journaux grecs, pour bien montrer que ce n'était
pas vrai que les colonels étaient contre les bikinis.

Dès son entrée, Billy repéra son homme parmi les
buveurs de café turc et d'ouzo.

Un gars à l'allure étrange, avec ce genre de visage
que l'on scrute et qui frappe. Une tignasse blonde
échevelée, avec beaucoup de gris, et un teint hâlé, profondément hâlé, à vrai dire brûlé par le soleil, avec un
de ces mentons qui donnent l'impression de pouvoir
encaisser de sacrés gnons. Cela dit, les mentons sont
des affabulateurs notoires et on peut très bien avoir
une de ces figures aux mâchoires puissantes et rien
du tout à l'intérieur. Mais ce n'était pas le genre de ce
gars-là. Les sourcils se rejoignaient au milieu, ouverts
comme des ailes, épais, parcourus d'éclairs cuivrés,
et les yeux, le nez, la bouche faisaient chorus avec le
menton, donc ils ne pouvaient pas tous mentir. Billy

en était venu à savoir beaucoup de choses sur les aventuriers et, tandis qu'il restait là un moment à observer le journaliste, il se dit qu'avec une tête pareille, les risques étaient d'autant plus élevés, parce qu'on ne pouvait pas passer inaperçu. Ça ne rapportait pas de posséder un physique exceptionnel, quand on manquait d'un alibi à toute épreuve.

Il s'assit.

« Qu'est-ce que vous prendrez ? » demanda l'homme.

La voix lui rappelait quelque chose ou quelqu'un, il ne savait plus ni qui, ni quoi. Et puis, ça lui revint. Son père avait une voix du même genre. Une voix profonde et vibrante, porteuse d'un tonnerre superflu, même quand elle se contentait de dire : « Passe-moi le sel. » Une voix où sourdait une colère permanente, sans mobile apparent, comme si elle s'adressait au cœur même du monde et de la vie. Son père qui était l'entraîneur de natation de l'UCLA avait commencé à entraîner Billy de façon intensive dès l'âge de cinq ans et c'était lui qui en avait fait un nageur de fond.

« Je m'appelle James, dit l'homme, avec un demi-sourire, comme si ses traits résistaient à cet effort de générosité. Mais ce n'est pas mon prénom, même si c'est ce que croient la plupart des gens. C'est un nom de famille. Au complet, c'est John James. Tellement banal que ça en devient original. Je suis journaliste sportif.

— Enchanté », dit Billy et ils s'enfoncèrent tous les deux dans le genre de silence qui s'établit quand on en sait suffisamment pour rendre ce qui reste à dire d'autant plus difficile.

On entendait les navires au dehors, et cette manière qu'ils ont de se réveiller au moindre vent, le halètement et la toux de la vedette verte et rouge qui assurait la liaison entre le port et les plages qu'on ne pouvait atteindre

par la route, même si l'on prenait parfois le bourdonne-
ment d'une mouche pour un bruit de moteur et un lointain caïque pour une mouche qui vrombissait.

L'homme jouait avec une cigarette anglaise et
observait soigneusement Billy, avec le regard fixe des
experts, comme s'il sondait les diverses manières de
s'y prendre avec Billy.

« Je n'ai encore jamais entendu parler d'un nageur
qui ait tenu la distance, dit-il. D'ailleurs, je ne crois
pas un instant que vous la tiendrez. Un de mes amis
est prêt à tenir le pari. Bien entendu, vous vous y
retrouverez, nous y veillerons. Moi, personnellement,
je suis plutôt du genre saint Thomas, j'ai besoin de
voir pour croire. J'adore démystifier les choses. Les
légendes grecques… on aurait dû m'avoir à l'époque.
La vérité sur Achille, sur Ulysse… En matière de réa-
lisme, moi, je suis intraitable. J'ai passé ma vie à tailler
un costard aux héros. Cela dit, vous allez peut-être y
arriver. Pour ma part, je mise un millier de dollars.
Mais il faudra fournir la preuve que vous avez bien
débarqué là-bas. La preuve photographique.

— Vous m'offrez un millier de dollars pour nager
jusque là-bas, grimper sur les rochers et prendre une
photo du camp de concentration, dit Billy. Ça rap-
porte cinq ans de tôle, donc ça vaut plus qu'un millier
de dollars.

— Oublions tout, dit le type.

— Pas question : j'ai besoin du fric. »

L'homme sirota son ouzo, en arborant cette mine
de dégoût qu'un bon Cokney se doit de manifester
pour tout alcool.

« Alors, vous allez réfléchir à mon offre ?

— Non, je n'ai pas dit ça. Je vous laisse une chance,
c'est tout. Vous me refilez le millier de dollars et je ne
vous dénonce pas à la police. »

Tout à coup, le type eut l'air de prendre plaisir à son ouzo, à moins qu'il ne tirât de l'alcool un certain réconfort moral. Ses yeux bleu pâle pâlirent encore un peu, mais vous ne pouviez pas appeler ça de la frousse. M. Jones adorait l'excitation, on le sentait bien. Il suffisait de voir la façon dont sa langue rose vif passait, telle celle d'un reptile, le long de ses lèvres après chaque gorgée. Il savourait la sensation de l'excitation. Il avait une chevelure remarquablement entretenue, avec au milieu une raie très précise qui paraissait viser le front de Billy.

« On est deux, fiston », dit-il, en faisant claquer ses lèvres. Nouvelle gorgée d'ouzo et petite inclinaison de la tête. « On est deux et on voyage séparément. Fais ce que tu dis et tu auras droit à la plus longue distance que soit fichu de parcourir un nageur de fond, même si c'est le plus grand champion : d'ici à l'éternité. Ne t'avise pas de menacer M. Jones, fiston. Le M. Jones que tu vois ne ressemble à aucun de ceux que tu as pu voir jusqu'à présent. Il est très spécial. Très différent. Il est unique.

– Vous avez besoin de cette photo pour quoi faire ? demanda Billy.

– Pour des magazines. Une bonne photo bien nette du plus atroce camp de concentration des colonels, c'est ce qu'on appelle un scoop, mon garçon. »

Les Anglais ont une manière amusante de vous appeler « mon garçon », se dit Billy, comme s'ils vous faisaient la grâce de vous adresser la parole, vous avez soudainement l'impression d'être devenu leur garçon de course.

« Vous avez une carte de journaliste professionnel ? »

Il en avait une. Peter Alexander Jones, avec sa photo, sur laquelle il avait l'air d'un officier et d'un gentleman, et on pouvait lire la mention : « Envoyé spécial, Moyen-Orient, Nigeria, Soudan, valide un an.

– C'est une blague », dit Billy.

L'homme opina, fermement.

« Parfaitement. Si tu as jamais besoin d'un document, petit, tu n'as qu'à me demander. Passeports, actes de naissance. Actes de décès. Je peux te fabriquer les meilleurs actes de décès que tu aies jamais vus, petit. Il n'y a qu'à demander. »

Billy reposa son verre.

« Ça vous coûtera cinq mille dollars, dont vous me donnerez la moitié d'avance, parce que je ne reviendrai peut-être jamais.

– On m'a dit que tu avais déjà nagé jusque-là.

– Bien sûr. Ce n'est pas le trajet à la nage qui me pose un problème. Mais je ne suis pas sûr de pouvoir escalader les rochers et prendre la photo. Il y a des nids de mitrailleuses. Des patrouilles. Il y a quelques semaines, des journalistes sont arrivés en avion de la côte turque, histoire de prendre quelques vues aériennes, et ils ont disparu, personne ne sait ce qu'est devenu leur appareil.

– La curiosité est un vilain défaut, hein, déclara M. Jones. Mais, vois-tu, là-dessus, je suis en mesure de te faciliter un peu les choses. J'ai des informations secrètes. Il y a une petite grotte là-bas, tout à fait douillette, et on peut faire l'escalade d'un bout à l'autre, de la grotte jusqu'en haut, ou presque. »

Petro, se dit Billy. Le vieux monstre s'était vendu. C'était difficile à croire, mais personne d'autre n'aurait pu refiler ce renseignement-là à l'étranger.

II

La terrasse était suspendue à vingt-cinq mètres au-dessus de la mer Égée, du marbre, des colonnes, des amphores et l'habituelle statuaire qui orne les villas de luxe en Grèce, un étalage classique de proportions dont la perfection frisait l'insolence. La villa elle-même était nichée dans la verdure, au milieu d'anémones roses, rouges et violettes, attestant le triomphe des jardiniers sur la roche et le sol aride. Elle appartenait à un Anglais et pour une raison inconnue de Joyce, le mot « *peace* » en lettres d'or était inscrit au-dessus de l'entrée et, bien qu'on ne pût rien reprocher ni au mot, ni au concept, elle avait l'impression qu'il existait une contradiction entre ce mot et le luxe ostentatoire de l'endroit. Le mobilier était entièrement composé d'antiquités authentiques, et les tableaux valaient si cher qu'ils auraient dû être volés depuis belle lurette. On pouvait même s'attendre à retrouver un armateur grec dans l'aspirateur chaque fois qu'on nettoyait les tapis. Comment M. Jones avait-il mis la main sur cette villa et pourquoi lui avait-elle été cédée pour rien, voilà qui paraissait jeter une ombre sur les convictions idéologiques de Joyce, car cela semblait bien prouver que les milliardaires, qu'elle considérait comme les exploiteurs traditionnels du peuple, étaient capables de sympathiser avec la liberté et de prendre les oppresseurs en grippe.

À ce qu'il semblait, jamais la mer Égée et le ciel n'avaient entendu parler des brumes, de la lumière tamisée où l'onde et l'azur se fondaient en une espèce de gigantesque confusion de limites indistinctes entre l'eau et l'air ; c'était une mer classique, si tant est que classicisme veuille dire précision et clarté des contours. On pouvait presque compter les vagues et l'horizon était une ligne brisée, entièrement dépourvue de l'habituelle rectitude.

M. Jones tenait les jumelles pressées contre les yeux, et sous la fine moustache blonde pointait un sourire satisfait, quoique ironique.

Elle n'aimait pas M. Jones. Cela n'avait rien à voir avec le fait qu'il fût un mercenaire. Il fallait bien l'être, même si l'on se spécialisait dans les « nobles causes », car sa réputation de professionnalisme et ses remarquables états de service, ceux de quelqu'un qui réussissait envers et contre tout, ne pouvaient revenir qu'à un homme entièrement délivré des contraintes d'un emploi, des soucis financiers et du temps perdu consacré à assurer sa survie économique. Pour atteindre ce degré exceptionnel d'efficacité, il fallait être un gentleman jouissant d'une fortune personnelle, ce qui voulait dire que, tôt ou tard, vous seriez payé pour vos services. Ce qui déplaisait à Joyce chez son compagnon, c'était une espèce d'ironie constamment présente, même au cœur des circonstances les plus tragiques ou les plus dangereuses. Physiquement, il avait cet air quelque peu passé que prennent les Anglais quand ils sont à la fois blonds et vieillissants, un amollissement des petites rides et une pâleur excessive dans les yeux bleu pâle. Sa voix était légèrement rauque et enrouée, comme s'il avait passé sa vie à vendre des marchandises à la sauvette au coin des rues. Sans qu'on sache trop pourquoi, son visage, aux yeux translucides et au teint rose qui semblait être le résultat d'une vie d'excès, surprenait chez un homme d'action. C'était le genre de visage qu'on se serait davantage attendu à trouver au fond d'un bar chic que dans les parties du monde où la survie repose souvent sur des réflexes instantanés.

« Bel effort, était-il en train de dire, excellent. Je crois qu'il va réussir.

– Et sinon ?

– Mon associé trouvera un autre moyen. S'il y a un mot dont il a horreur, c'est le mot "impossible". Pour lui, c'est un véritable anathème. Dites-lui "c'est impossible" et il devient vert. Je me suis souvent demandé pourquoi. J'ai l'impression que c'est une affaire de survie… »

Il baissa les jumelles et aussitôt Joyce le regretta. Il y avait dans ses yeux une lueur vitreuse qui évoquait un mannequin. M. Jones ne pouvait guère avoir plus de quarante-cinq ans, mais cette fixité du regard faisait penser soit à un désespoir total, soit à des problèmes de coronaires. Les alcooliques de longue date avaient ce genre de regard, mais il n'avait jamais beaucoup bu.

« Voyez-vous, chaque fois qu'on mentionne le mot "impossible" devant mon associé, il sent qu'il est mortel. Ce qui est très désagréable pour un amoureux fervent des dieux grecs et de l'immortalité. »

Cela faisait maintenant plus de deux semaines qu'ils étaient ensemble et Joyce en avait par-dessus la tête des descriptions enthousiastes que lui faisait M. Jones de son « associé » qui était censé être toujours présent, supervisant tout, prévoyant l'opération jusque dans le moindre détail, mais qu'elle n'avait encore jamais vu.

« Écoutez, dit-elle, l'EAR a déjà englouti trente-cinq mille dollars dans ce projet. Nous n'avons pas reçu de subvention de la Fondation Ford. Le fonds ne se maintient que par des milliers de gens qui se saignent aux quatre veines pour nous financer. Je n'ai pas particulièrement envie de faire la connaissance de votre associé sans visage, mais quand le moment sera venu, il a intérêt à ne pas se défiler.

– Il sera là, assura M. Jones avec emphase. Il est toujours là. Il est de ceux qui se réservent toujours les plus gros risques… »

Joyce comprit soudain ce qui l'agaçait tellement chaque fois que M. Jones ouvrait la bouche ; il y avait quelque chose de théâtral dans sa façon de parler. On sentait bien que le bonhomme avait travaillé sa voix et que son enrouement était celui d'un acteur qui n'a jamais appris à la placer correctement. Cette diction perpétuellement délibérée donnait à tout ce qu'il disait un net manque de sincérité.

Pourtant, ses états de service parlaient pour lui. Au cours de l'année écoulée, ce type et son « associé » avaient eu à leur actif quelques-unes des opérations de sauvetage les plus réussies.

« Seulement, voyez-vous, nous ne pouvons pas être entièrement sûrs de ce jeune homme. Il peut nous mener en bateau et puis finalement nous trahir. Dans ce cas, il est absolument essentiel que mon associé reste libre d'agir. Il s'agit d'une précaution élémentaire. »

Il avait raison, bien entendu. Elle sourit.

« Ça fait combien de temps que vous travaillez ensemble, tous les deux ?

— Longtemps. Notre première tâche a été de faire sortir clandestinement d'Europe occupée d'importantes personnalités politiques… »

Il fit la grimace.

« Je n'aurais pas dû dire ça. Ça me file un coup de vieux. Et puis, il y a encore une chose qui m'embête. »

Il porta de nouveau les jumelles à ses yeux, mais pas assez vite. Elle avait déjà saisi la trace d'inquiétude qui s'y reflétait.

« Les statistiques. La loi des probabilités. Voyez-vous, ma chère, nous n'avons jamais subi d'échec, jusqu'à présent… ce qui fait que la loi des probabilités commence à être contre nous. Il va bien falloir que ça se gâte un jour. C'est scientifique, ma chère. Statistique. C'est pour cela que nous ne pouvons pas nous permettre de laisser s'infiltrer le moindre facteur chance, si infime soit-il. Mais, il ne s'infiltrera pas.

— Je l'espère sincèrement, dit-elle. J'espère que vous n'allez pas échouer cette fois-ci. »

Sous les jumelles, le sourire reparut.

« Merci, ma chère », dit M. Jones.

L'eau était si claire qu'on avait l'impression de glisser à travers l'espace, libéré de la gravité et libéré de l'homme, dans un univers secret de corail et de sable blanc agglomérés, et qu'on ne se lassait jamais du délicieux frisson de la solitude ; en plus, la gravité diminuant, un peu de la lourdeur qui accablait votre cœur se dissipait avec le poids que perdait votre corps. Depuis plusieurs jours, il couvrait quotidiennement une distance de plus de trente kilomètres, afin de gagner sa forme physique optimale. Il saurait qu'il atteindrait son apogée quand sa confiance en lui deviendrait une espèce de paisible certitude : une froide sérénité.

Maintenant il revenait à la nage vers la crique où il avait laissé ses vêtements, une grève de sable volcanique, de lave brûlée et de rochers noirs. Personne ne s'aventurait jamais là et on pouvait l'avoir pour soi tout seul. Le sentier qui descendait jusqu'aux rochers était abrupt et peu de gens avaient dû l'utiliser depuis le temps des guerres turques et des pirates. On voyait encore les traces d'anciens feux qu'on avait allumés là, afin de signaler la crique aux bateaux qui apportaient des armes aux patriotes par les nuits noires ; parfois aussi ces feux avaient été allumés par des traîtres accueillant les raids turcs venus réprimer quelque soulèvement. Il atteignit le sable et marcha jusqu'au rivage, sifflotant un petit air, histoire de vérifier à quel point il contrôlait sa respiration après cinq heures de nage, puis il regarda sa montre : vingt-sept kilomètres

en quatre heures, trente-neuf minutes exactement,
c'était aussi bien que ce que pouvait faire n'importe
qui parmi les quatre ou cinq meilleurs nageurs de fond,
Ali Reza, le Turc d'Izmir, Johnny Galado d'Acapulco
ou même Dick Corbett, de Catalina, sans doute le
plus grand de tous depuis qu'il avait lui-même quitté
la scène. Il s'assit dans le sable en songeant à d'autres
qu'il avait connus : Don Zarek, de San Francisco,
Belair Smith qui avait disparu au cours d'une traversée de Santa Barbara à Catalina Island et Peter
Connor qui avait quitté la mer pour un garage à Los
Angeles et qui vendait à présent des bagnoles d'occasion et cherchait à vous convaincre qu'il avait trouvé
le bonheur avec tant d'insistance qu'on commençait à
se dire qu'il risquait de se pendre dès le lendemain.

« Debout. »

Trois hommes se trouvaient là. Un tenait sous le
bras droit une mitraillette à canon court et un petit
cigare dans la main gauche. Celui du milieu avait une
carabine et le troisième n'avait pour toute arme que
ses mains brûlées, mais elles suffisaient amplement.
C'étaient les plus énormes mains que Billy eût jamais
vues et elles vous faisaient penser à la mythologie,
tant elles paraissaient gigantesques et puissantes.

Il se leva. Il n'avait jamais vu ces trois hommes
auparavant, il se les serait rappelés. Des Grecs tels
que l'on se les imagine avant de débarquer en Grèce.
Des Grecs qu'on voit dans la statuaire, en marbre et
en pierre. Le genre de Grecs qui vous vient à l'esprit
quand on songe à la démocratie, à l'Acropole ou bien
à des noms comme Troie, Achille, Hercule.

On aurait dit le genre de Grecs auxquels on pense
dès qu'on pense à la liberté.

L'homme à la mitraillette avait le visage cuit par
le soleil, avec un nez court et crochu, une moustache

noire, des yeux vert pâle. Le plus petit, dont la carabine américaine était pointée sur le ventre de Billy,
avait un visage d'assassin, des lèvres minces, un nez
aplati et sous les épais sourcils un regard où brûlait
une telle férocité que c'était presque un miracle que
son doigt restât ferme sur la détente. Le troisième
homme était un géant au torse nu, vêtu d'un blue-jean
roulé jusqu'au genou, une casquette de marin sur ses
cheveux d'or. Il avait le visage barré d'une croix. Il n'y
avait pas d'autre façon de le décrire : deux profondes
cicatrices y couraient et se croisaient par-dessus son
nez, vraiment comme si quelqu'un avait cherché à y
tracer une croix en deux profonds coups de couteau.

« Bon, on t'écoute », lança-t-il.

L'accent était grec, mais Gueule-en-Croix avait vécu
longtemps en Amérique, ça s'entendait tout de suite.

« Qu'est-ce que vous voulez ? »

Gueule-en-Croix tapota le sable.

« On connaît déjà une partie, déclara-t-il. On est
au courant pour M. Jones. On sait tout de lui depuis
le moment où il a posé le pied sur notre île. Mais c'est
l'autre qu'on veut. Le patron. Qui c'est le patron ?

— Je ne sais même pas de quoi vous parlez », dit
Billy.

Il vit la carabine décrire un cercle complet et la
crosse vint le frapper sec sous le menton. Il fléchit,
tomba sur ses mains, tandis que le monde disparais-
sait avant de reparaître lentement.

« Debout. »

Il se releva. Gueule-en-Croix le foudroyait du
regard.

« Écoute, bébé, dit-il, je sais que tu es bon nageur.
Je sais que tu es même un champion. Mais moi, je suis
encore meilleur que toi dans mon domaine. Je sais tuer
mieux que tu ne sais nager. Et je n'aime pas les rouges.

On n'est pas la police ordinaire, nous autres. On est la police _politique._ On va te donner très exactement deux minutes pour nous dire tout ce que tu sais. Où est le patron ? Qui donne les ordres ? Le nom du prisonnier qu'ils essaient de joindre sur l'île, c'est quoi ? Son nom, c'est tout ce qu'on veut. Ils t'ont filé mille dollars pour nager jusqu'à l'île et entrer en contact avec lui. On le sait. Petro nous a tout raconté… »

Les filles avaient souvent dit à Billy qu'il avait les yeux les plus innocents du monde.

« C'est qui, M. Jones ? Je connais bien Petro, évidemment, mais je ne lui ai jamais parlé de choses pareilles. Je m'en fous pas mal de la politique. Et encore plus de la politique grecque.

— Eh ben, tu ferais mieux de commencer à t'y intéresser et plus vite que ça, lâcha Gueule-en-Croix. Parce que Petro est mort. Et il est mort parce qu'il se foutait pas mal de la politique grecque. Mais la politique grecque, nous, on s'y intéresse. On est des politiques. Des patriotes. Et on veut tout savoir des plans de ce renard que tu as pour copain. »

Billy secoua la tête, en souriant.

« À coup sûr, vous parlez bien l'américain », dit-il.

Gueule-en-Croix opina.

« Oui, j'ai été un Américain, reconnut-il, j'ai fait mon temps dans l'armée américaine. Et maintenant, je reviens en Grèce parce que mon pays a besoin de moi. J'ai appris toutes les ficelles et je me suis engagé dans la police politique ici… »

Le géant au crâne rasé et aux mains énormes dit quelques mots en grec, d'un air furieux. Billy se sentit presque étonné par ses propres progrès en grec. Ça voulait dire : « On perd notre temps. Y a qu'à lui couper les couilles. »

Gueule-en-Croix opina.

Crâne-Rasé sortit un couteau de derrière son dos.

Le troisième homme, aux yeux vert pâle et au nez en bec d'aigle, cracha quelques paroles coléreuses. Mais il avait parlé très vite et Billy n'avait rien compris.

Il n'y avait plus qu'une chose à faire et il allait le faire. Il allait mourir dans la mer, comme il en avait toujours eu l'intention. Une course jusque dans l'eau, vif comme l'éclair, et il était sûr de réussir son coup, même s'il partait avec quelques balles dans le dos. Mais ils ne lui laissèrent aucune chance. Crâne-Rasé était passé derrière lui et brusquement il l'empoigna et le projeta contre les rochers.

Il voyait le canon de la carabine qui brillait comme un miroir.

« C'est ta dernière chance, gamin. Parle. C'est quoi, le nom du prisonnier ? Pourquoi est-ce que c'est lui qu'ils essaient d'aider et pas un autre. C'est lui, le patron ? C'est lui le commandant-en-chef de l'armée secrète ? »

Billy revoyait le visage du noyé. Ses traits lui apparaissaient avec une telle clarté que c'était presque comme si le type était là, à ses côtés. Des traits fiers et nobles. C'est curieux de voir un Grec blond, se dit-il. C'est réconfortant de savoir qu'il y a des gens qui ont des visages pareils. Une fière figure de proue pour un fier navire, qu'on appelle la Liberté…

« Debout, le môme. »

La voix était presque douce et chaleureuse. Gueule-en-Croix avait baissé sa carabine. Le gorille tondu et torse nu se marrait. Le troisième homme en habit sombre souriait.

De derrière un rocher surgit la silhouette trapue, presque naine, de Petro.

« Merde, qu'est-ce que… » commença Billy.

Petro fonça jusqu'à lui, une bouteille de retsina à la main.

« Bois. Je leur avais bien dit. Je leur avais dit, c'est un bon Américain. Il aime la liberté. On peut lui faire confiance au jeune Américain, vous avez la parole de Petro. Mais non, ils n'ont pas voulu croire le vieux Petro. Ils ont voulu te mettre à l'épreuve. Et maintenant, ils savent. Maintenant, ils savent que Petro le renifle toujours de loin, l'homme libre. L'homme vraiment libre. Bois, mon ami.

– Quel salaud », dit Billy et il but. Puis, tout à coup, il demanda :

« Et si j'avais parlé ? Si je vous avais dit tout ce que je sais ? Vous auriez fait quoi ? »

Gueule-en-Croix eut un charmant sourire.

« On t'aurait tué », dit-il.

Billy porta de nouveau la bouteille à ses lèvres.

Après quoi, ils escaladèrent les rochers, sans arrêter de se taper sur l'épaule et de parler comme des moulins à paroles, des flots de grec où tout le monde parlait à la fois, et c'était encore plus difficile d'essayer d'y comprendre quelque chose que de se hisser le long du sentier presque vertical où tant de soldats turcs avaient perdu la vie sous les balles de patriotes en 1915, c'était presque comme de se frayer un chemin à travers une végétation de mots, dense et épineuse, qui poussait de tous les côtés. Gueule-en-Croix chantait un hymne à la gloire de l'Amérique, un endroit où il y avait, pour reprendre ses paroles, davantage de liberté par tête de pipe que dans le reste du monde, et on voyait bien qu'il pensait en grec et traduisait sa pensée dans un anglais qui n'appartenait qu'à lui : « Tout Américain marche en liberté », « Boire la liberté au creux de ses mains », « mon cœur bat libre » et « on entend le tonnerre des hommes libres dans le Wyoming » ; et cependant il y avait dans ces paroles insensées quelque chose de ces grands espaces libres et de cette force tumultueuse, irré-

sistible, qui n'appartient pas aux fleuves, aux prairies
ou aux océans, mais à l'esprit et au cœur indomptables
de l'homme. Le type au nez crochu, aux sourcils les
plus touffus que Billy eût jamais vus, dont la bouche
aux lèvres minces était une menace meurtrière et qui
était le moins loquace des quatre, marquait sa sympathie et son approbation par un froid sourire jaune, plein
de dents gâtées, et il suffisait d'un seul regard pour
savoir qu'il devait être sacrément utile à la résistance,
car jamais un flic ni un indic ne seraient allés imaginer
qu'un bonhomme aussi laid, à l'air aussi vachard, travaillait pour quelque chose d'aussi beau que la liberté.
Preuve qu'on ne sait jamais. Par exemple, on se trompe
toujours avec les femmes, simplement parce qu'elles
sont belles. On les devine de travers. Petro grimpait à
ses côtés, pieds nus, empestant le fromage de chèvre,
un corps de nain sous une tête qui vous faisait penser à
Socrate, à Neptune et à la mythologie, on regardait ce
visage si noble et quand on savait quel était l'homme en
réalité, voleur et escroc, on commençait à se dire que
la tête n'était pas du tout à lui et qu'il l'avait fauchée à
quelqu'un.

« Je t'en prie, ne sois pas fâché contre moi.

— Ne m'adresse pas la parole, ordure !

— Je leur ai dit : ce garçon, c'est de l'or. Il est superbe.
Vous pouvez lui faire confiance à cent pour cent. Mais
ils voulaient être sûrs. Ils avaient reçu des ordres.

— La ferme ! Tu empoisonnes l'atmosphère. Il y a
une loi anti-pollution.

— Mon cœur saigne, geignit Petro. Mais il fallait
bien qu'ils soient sûrs. Les traîtres sont partout. »

Ils atteignirent la petite église blanche, une des sept
ou huit cents qui pullulaient dans tous les coins de l'île.
Il n'y avait rien d'autre qu'un sol aride tout autour et
on n'aurait jamais dit que la petite église blanche avait

été construite, on avait l'impression qu'elle était des-
cendue du ciel pour venir se poser là, au bord du pré-
cipice. Quels que fussent votre voyage et la distance
à parcourir, chaque fois que vous arriviez devant une
de ces petites églises blanches clairsemées dans le pay-
sage, comme un troupeau de moutons éparpillés, vous
aviez le sentiment d'avoir atteint votre but. Il leur dit
qu'il allait rester là et ils opinèrent, il valait mieux
qu'on ne les vît pas ensemble au village, il y avait des
policiers partout et beaucoup de mouchards à leur
solde parmi les villageois. Et puis, Gueule-en-Croix
posa une lourde main sur ses épaules et lui dit que
Di Maggio était un grand homme et qu'il serait fier
de Billy. C'était formidable de rencontrer un type qui
avait vingt ans de retard, pour qui l'Amérique brillait
encore de tous ses feux, à la façon dont les étoiles qui
n'existent plus depuis longtemps, qui sont mortes
depuis un million d'années, continuent de briller. Il
entra dans l'église, qui était vide et fraîche, s'étendit
sur le sol et ferma les yeux, tâchant de s'imaginer, lui,
Billy, « le gosse qui n'avait rien à faire de ce qui se
situait à plus de cent mètres de l'océan », ainsi que
l'avait un jour écrit le *Los Angeles Times*, en train de ris-
quer sa vie pour le mot « liberté », un mot qui perdait
toute signification chaque fois qu'on sortait de la mer.
La seule réponse qu'il parvenait à trouver se situait
dans le regard sauvage et féroce d'un noyé.

Il s'était endormi sur le sol en pierre bien frais et
il rêvait de douceur et de tiédeur, un rêve étrange-
ment physique de lèvres de femmes pressées contre
les siennes. Il rêvait beaucoup comme tous les gens
seuls, mais rarement avec un tel sentiment de réalité,
au point que ses bras se levèrent pour embrasser les
épaules et la taille de son rêve ; il se réveilla, mais alors
qu'il ne rêvait plus, son rêve, lui, était toujours là.

La fille avait les yeux baissés vers le visage de Billy et elle souriait, ses longs cheveux blonds tombaient jusqu'à lui et son visage n'était plus celui, froid et mystérieux, de l'étrangère qu'il avait vu marcher au coucher du soleil le long des eaux de Peretras, mais une apparition pleine de vie, de chaleur et de tendresse, avec un sourire qui faisait toute la différence entre la simple beauté et une réponse à toutes les questions qu'on avait pu se poser sa vie durant.

« J'y crois pas », dit-il.

Elle rit.

« Eh bien, réveille-toi et tu verras que j'ai disparu. »

Il chercha à l'attirer vers lui, mais elle releva la tête.

« Non. N'essaie pas. Ça va gâcher ton rêve. Quand on le réalise, on se réveille toujours.

— Ça t'est arrivé souvent ?

— Une fois ou deux. Le réveil a été très dur.

— Ce n'est pas mon genre.

— J'imagine. Et surtout, reste comme tu es. Enlève tes mains. »

Il la lâcha et secoua la tête.

« C'est le meilleur moment que j'aie jamais passé dans une église, dit-il. Écoute, il y a plusieurs centaines d'églises sur cette île, il y a un avenir ici. À raison d'une église par jour, ça nous donne deux ans pour le construire. »

Elle n'écoutait pas. Elle avait sorti une carte de sous sa chemise et sa physionomie, ses yeux, sa voix s'étaient complètement transformés. Ses traits avaient changé et l'éclat doré de la douceur avait disparu. Il avait déjà vu cette expression sur le visage de nageurs prêts à se mettre à l'eau et qui tout à coup oubliaient tout ce qui n'était pas le dur combat qui les attendait et la poursuite acharnée de la victoire qui les absorbait entièrement, corps et âme.

« Voilà une carte de Dervos et là, c'est le camp de concentration. Bon, les échelles sont différentes, celle du camp est deux fois plus grande, mais peu importe. De toute façon, il va falloir que tu nages jusque-là et que tu prennes plein de photos, puis que tu reviennes jusqu'ici, et après on te rendra la vie très facile. »

Elle portait des bottes montantes et un blue-jean et tout était logé dans ses bottes, cartes, stylos, lunettes et cigares. Des hirondelles voletaient sous le toit, deux hirondelles.

« Comment ça se fait que tu sois dans le coup ?

— Pourquoi ? J'ai l'air de m'en foutre ?

— Je n'ai pas dit ça. Mais pourquoi en Grèce ?

— Parce qu'en ce moment, c'est là que ça pue le plus, juste sous notre nez. Ce n'est pas en Chine, en Russie ou en Afrique, mais en Grèce, un membre de l'Union européenne et… »

Il secoua la tête, impuissant.

« Ce n'est pas la peine, je ne m'occupe pas de politique. Je suis né libre, c'est tout. D'ailleurs, je ne sais même pas pourquoi j'ai accepté de faire ça. L'argent est une bonne excuse, bien sûr, mais, en fait, ce n'est pas vrai. C'est juste que j'ai vu le visage d'un type… bah, laissons tomber. Mais on dit qu'il n'y a pas le moindre endroit où poser le pied de ce côté de l'île comme de l'autre, il y a une mitrailleuse tous les cinquante mètres. Et personne ne peut couvrir la distance à la nage en une seule fois, même pas moi. »

Elle sortait le paquet de cigarettes de sa botte et alors il vit le pistolet, un truc énorme, et il jeta un nouveau coup d'œil vers le visage de la fille et le pistolet le rendait encore une fois différent, presque sombre, en dépit des cheveux blonds et des yeux bleus. À présent, il ne parvenait plus à croire qu'elle l'avait embrassé, mais la douceur tendre, presque maternelle

de ses membres, de sa joue pressée contre la sienne lui
avait été donnée. Il sourit.

« Que se passe-t-il ?

— Je suis en train de me réveiller, dit-il. Cette carte
que tu possèdes est pleine de choses réelles. Quant au
pistolet, pourquoi as-tu un pistolet ?

— Parce que je sais m'en servir.

— Tu t'en es souvent servi ?

— Disons que j'ai su l'utiliser avec discernement.
J'ai été formée très jeune. Mon père est Ambrose de
Wellenn. »

Billy éprouva du respect : il n'avait jamais entendu
ce nom auparavant. Pour autant qu'il sût, ce type était
peut-être un grand homme. Il y avait de la fierté dans
le regard de la fille quand elle avait prononcé ce nom,
mais cela ne prouve rien car tout dépend de l'endroit
où on place sa fierté.

Les Zographos étaient tailleurs de pierre. Ils étaient
au nombre de cinq et leur seul amour c'était la pierre
et la mémoire de leur arrière-arrière-grand-père qui
remontait, à les en croire, « aussi loin qu'on pouvait
voir la Grèce ». Quand les Zographos prononçaient
le mot « Grèce », ils vous donnaient l'impression que
vous sortiez de nulle part, que vous n'aviez jamais eu
d'arrière-arrière-grand-père et que vous ne possédiez
pas le moindre endroit sur cette terre qui valût la peine
d'en parler. L'énorme montagne qui portait le village
accroché à son flanc s'élevait au-dessus d'eux et ressemblait à un sixième Zographos, veillant d'un air
protecteur sur les cinq autres, mais il faut dire qu'il y
a beaucoup de gens en Grèce qui ont l'air de ne faire
qu'un avec la terre bien avant d'être morts. Des morceaux de granit, des morceaux de bois, avec de gigantesques et lourdes mains faites de matière et non de

chair, quand on observe quelque chose de près, de tout près, c'est contagieux. La cour était pleine de granit, quand le soleil tapait fort, l'endroit était un vrai four et à sept heures du soir, quand le soleil vous lâchait enfin, votre cœur vous faisait l'impression d'avoir cuit comme un œuf dur. Ils dormirent dans la cabane à outils, en attendant le signal, en tout cas c'était ça qu'attendait le capitaine Georges, même s'il refusait de dire quel signal. Il se levait la nuit et sortait, plaçant sa main au-dessus de ses yeux, comme pour les protéger d'on ne sait quel éclair aveuglant de lumière céleste, puis il secouait la tête et faisait claquer sa langue.

« Toujours pas de signal, ils sont en retard, ça cafouille, voilà ce que ça veut dire. »

Il sortit un cigare de la poche de son gilet et l'alluma soigneusement.

« Ma foi, c'est ça le problème avec la liberté, on ne peut pas la gérer sans anicroche, comme un camp de concentration. Il y a dans sa nature même quelque chose d'artistique… pas le moindre signe. »

Il continuait de scruter le ciel de son regard perçant, comme s'il s'attendait à y voir apparaître une nouvelle constellation, lui annonçant que l'aube serait claire.

Texte inédit, traduit de l'anglais par Béatrice Vierne.